清・馮煦修　魏家驊等纂　張德霈續纂

鳳陽府志

十七册

黄山書社

光緒鳳陽府志卷十八上之上

人物傳先賢　儒林

唐書藝文志載江敞有陳留人物志十五卷陽休之有幽州古今人物志三十卷是州郡之志即史之傳通偁久矣鳳陽賢哲自周秦漢魏六朝迄於前明攀龍附鳳之儔蔚然興起上爲士大夫所傳下爲婦孺所傳至　國朝亦盛矣爰列十目曰先賢曰儒林曰文學曰政事曰忠節曰武功曰孝友曰義行曰隱逸曰方技詳近略遠存信闕疑則猶史傳之例也作人物傳

溯禮經有儒行之篇解者曰儒濡也以先王之道能濡其身著書稽古知命樂天可以垂教於後世乃得大儒林故儒者兼三才之名也學可以理萬事道可以維萬世太史公作史記敘儒林言孔子卒後七十子之徒散游諸侯大者爲師傅卿相小者友教士大夫尊孔子曰世家尊弟子曰列傳其非孔子弟子則曰儒林後世從祀孔子廟廷又分先賢先儒今遵其例先賢祇敘閔子一人儒林敘漢施讎以下迄今合爲一卷庶得尊賢之等焉述先賢儒林

先賢

周閔子名損字子騫魯人或曰齊人少孔子十五歲子騫兄弟二人母死父更娶復有二弟子騫爲父御車天寒失棰說苑作轡據漢

武梁祠畫象題字作極父持其手衣甚單歸呼其後母兒持其手衣甚厚孝子傳作三子寒溫即謂其婦曰去無留子騫前曰母在一子單母去四子寒父默然乃不去婦後母亦悔焉遂成慈母孔子曰孝哉閔子騫人不間於其父母昆弟之言不仕大夫不食汙君之祿季氏使子騫爲費宰子騫曰善爲我辭焉如有復我者必在汶上矣魯人爲長府子騫曰仍舊貫如之何何必改作孔子曰夫人不言言必有中嘗從夫子於陳蔡與顔淵冉伯牛仲弓皆以德行著名唐開元八年從祀孔子廟二十七年封費侯宋大中祥符二年封琅邪公咸淳三年封費公明嘉靖九年改稱先賢閔子 國朝康熙四十四年

聖祖仁皇帝賜額曰德行之科遣江南學政內閣學士張廷樞懸宿州閔子祠俾裔孫之在宿者世奉祠祭論語 史記仲尼弟子傳 藝文類聚引說苑 論語或問吳氏引韓詩外傳 安徽通志

按太平寰宇記云閔子墓在符離縣東北九十里符離今宿州一統志云閔子墓在徐州沛縣東南八十里驀山鄉山今屬宿州境又闕庫目錄云閔子本宿人春秋時宿屬青州爲齊地故家語以爲齊人據此則明陳經邦序閔氏宗譜以閔子爲山東歷城人之說不可從

儒林

漢施讎字長卿沛人爲童子時從碭田王孫受易王孫爲博士

復從卒業與孟喜梁邱賀並爲門人謙讓常稱學廢不教授及梁邱賀爲少府迺遣子臨分將門人等從讐問讐自匿不肎見賀固請不得已迺授臨等於是賀薦讐結髮事師數十年賀不能及詔拜讐爲博士甘露中與五經諸儒雜論同異於石渠閣讐授張禹禹授沛戴崇子平崇至九卿漢書本傳

高相沛人治易與費公同時其學亡章句專說陰陽災異自言出於丁將軍傳至相相授子康康以明易爲郎爲王莽所害漢書本傳

鄧彭祖字子夏沛人受易於五鹿充宗爲眞定太傅漢書梁邱賀傳

翟牧字子兄沛人受易於孟喜爲博士漢書孟喜傳

朱普字公文九江人受尚書於平當爲博士後以尚書授桓榮漢書林尊傳後漢書桓榮傳

唐林字子高沛人受尚書於許商王莽時爲九卿與王吉自表上師家大夫博士郎吏爲許氏學者各從門人會車數百兩儒者榮之漢書周堪傳

唐尊沛人受尚書於張無故漢書張山拊傳

按唐尊又作唐遵漢書何武傳在沛郡厚兩唐顏師古注兩唐唐林唐遵也

褚少孫沛人事王式問經數篇式謝曰聞之於師具是矣自潤色之不肎復授褚應博士弟子選詣博士摳衣登堂頌禮甚嚴

試誦說有法漢書王式傳

張邯九江人受詩於潁川滿昌至大官徒衆尤盛漢書后蒼傳

陳俠九江人受毛詩於徐敖漢書毛公傳

聞人通漢字子房慶普字孝公俱沛人后蒼說禮數萬言號曰后氏曲臺記授通漢普普爲東平太傅通漢以太子舍人論石渠至中山中尉普又傳族子咸爲豫章太守漢書孟卿傳

蔡千秋字少君沛人受穀梁春秋於魯榮廣又事皓星公爲學最篤宣帝時爲郎召見與公羊家並說上善穀梁說擢千秋爲諫大夫給事中左遷平陵令復求能爲穀梁者莫及千秋上愍其學且絕迺以千秋爲郎中戶將選郎十人從受漢書瑕邱江公傳

嚴望九江人與兄子元字仲能受學於朱雲能傳其學皆爲博士望至泰山太守漢書朱雲傳

按漢沛郡治相今宿州九江郡治壽春今壽州江南通志於漢儒林傳所言沛人皆入徐州府沛縣誤矣其言九江人多不錄今從一統志並載入

祝生九江人昭帝始元六年詔郡國舉賢良文學之士問以民所疾苦皆對願罷鹽鐵酒榷均輸與御史大夫桑宏羊相詰難至宣帝時汝南桓寬推衍鹽鐵之議著萬言其辭有曰九江祝生奮史魚之節發憤懣譏公卿介然直而不撓可謂不畏強圉矣漢書傳贊文獻通考

爰禮沛人通倉頡讀孝平帝時徵禮等百餘人令說文字未央廷中以禮爲小學元士 後漢許慎說文解字敘

按通志縣志皆未錄說文中有引爰禮說今據敘補

戴賓沛人劉昆受施氏易於賓教授弟子恒五百餘人 後漢書劉昆傳

桓譚字君山沛國相人博學多通徧習五經數從劉歆楊雄問故辨析疑異世祖即位徵待詔以宋宏薦拜議郎給事中因上書陳時政所宜不省帝方信讖多以決定嫌疑又醻賞少薄譚復上書言之帝愈不悅其後有詔會議靈臺所處謂譚曰吾欲讖決之何如譚曰臣不讀讖復極言讖之非經帝大怒將斬之譚叩頭流血良久乃得解出爲六安郡丞初譚著書言當世行

事二十九篇號曰新論世祖善焉其琴道一篇未成肅宗使班固續成之所著賦誄書奏凡二十六篇元和中肅宗東巡狩至沛使使者祀譚冢鄉里以爲榮 後漢書本傳

謝曼卿九江人善毛詩迺爲其訓東海衛宏從之受學因作毛詩序 後漢書衛宏傳

召馴字伯春九江壽春人少習韓詩博通書傳以志義聞鄉里號之曰德行恂恂召伯春累仕州郡肅宗時拜左中郎將入授諸生帝嘉其義學恩寵甚崇出拜陳留太守入爲河南尹至光祿勳卒於官賜冢塋陪園陵孫休青州刺史 後漢書本傳

桓榮字春卿沛郡龍亢人少學長安習歐陽尚書事博士九江

朱普貧窶無資常客傭以自給精力不倦十五年不窺家園至王莽篡位迺歸會朱普卒榮奔喪九江負土成墳因留教授徒衆數百人莽敗天下亂榮抱其經書與弟子逃匿山谷雖常饑困講論不輟後復客授江淮間建武十九年六十餘始辟大司徒府時顯宗始立爲皇太子選求明經擢榮弟子豫章何湯爲虎賁中郎將以尚書授太子世祖從容問湯本師爲誰湯對曰事沛國桓榮帝即召榮令說尚書甚善之拜爲議郎入使授太子每朝會輒令榮於公卿前敷奏經書帝稱善曰得生幾晚會歐陽博士缺帝欲用榮榮叩頭讓曰臣經術淺薄不如同門生郎中彭閎揚州從事皐宏帝因拜榮爲博士引閎宏爲議郎車

駕幸太學會諸博士論難於前榮被服儒衣溫恭有蘊藉辯明經義每以禮讓相厭不以辭長勝人儒者莫之及常令止宿太子宮積五年榮薦門下生九江胡憲侍講迺聽得出旦一入而已二十八年拜榮爲少傅賜輜車乘馬榮大會諸生陳其車馬印綬曰今日所蒙稽古之力也可不勉哉三十年拜爲太常顯宗即位尊以師禮甚見親重拜二子爲郎榮年踰八十自以衰老數上書乞身輒加賞賜乘輿嘗幸太常府永平二年三雍初成拜榮爲五更封爲關內侯卒子郁嗣後漢書本傳

桓郁字仲恩榮之子也敦厚篤學傳父業榮卒當襲爵讓於兄子汎顯宗不許乃悉以租入與之遷侍中帝自制五家要說章

句令郁校定於宣明殿入授皇太子經遷越騎校尉和帝時竇顯言郁自首好禮經行篤備遷長樂少府復入侍講轉爲侍中奉車都尉永元四年爲太常初榮受朱普學章句四十萬言榮減爲二十三萬言郁復刪省成十二萬言由是有桓君大小太常章句子普嗣傳爵至曾孫（後漢書桓榮傳）

桓焉字叔元郁之仲子也明經篤行有名稱永初元年入授安帝三遷爲侍中步兵校尉順帝立爲皇太子以焉爲太子少傅遷太傅即位拜太傅錄尚書事復入授經禁中封陽平侯固讓不受歷官至太尉弟子傳業者數百人（後漢書桓榮傳）

桓麟（後漢書作驎據太平御覽作麟）字元鳳焉之從子也年十三四在焉座有宿客爲詩曰甘羅十二楊烏九齡昔有二子今則桓生參差等蹤異世齊名麟即應聲答曰邈矣甘羅超等絕倫卓彼楊烏命世稱賢嗟予蠢弱殊才偉年仰慚二子俯媿過言（太平御覽引文士傳）桓帝初爲議郎侍講禁中以直道啎左右出爲許令以病免而卒所著碑誄讚說書凡二十一篇（後漢書桓榮傳）

桓彬字彥林麟之子也少與蔡邕齊名初舉孝廉拜尚書郎爲中常侍曹節所怨竟以廢卒諸儒攷之所著七說及書凡三篇蔡邕等共論序其志有過人者四遷共樹碑而頌焉（後漢書桓榮傳）

鮑駿九江人初與丁鴻共事桓榮甚相友善鴻讓封於弟盛不

報乃逃去與駿遇於東海佯狂不識駿駿讓之曰春秋之義不以家事廢王事今子以兄弟私恩而絕父不滅之基可謂智乎鴻感悟迺還就國駿亦上書言鴻經明行修志節清妙顯宗甚賢之（後漢書丁鴻傳章懷太子注引續漢書）

施延字君子沛國蘄縣人明五經星官風角靡有不綜家貧母老周流傭賃常避地於廬江臨湖縣種瓜後到吳郡海鹽取卒月値賃作半路亭父以養母時馮敷爲督郵到縣延持箒往敷知其賢者下車謝入亭請與飲食脫衣與之餉錢不受舉有道高弟爲侍中順帝陽嘉二年以大鴻臚代龐參爲太尉年七十六薨（謝承後漢書 後漢書順帝紀 陳忠傳太子賢注）

齊劉瓛字子珪沛郡相人晉丹陽尹惔六世孫也祖宏之給事中父惠臨賀太守（齊書云治書御史）瓛篤志好學博通訓義宋時舉秀才兄璡已有名先應州舉除奉朝請不就與弟璡兄弟三人共處蓬室習業不廢丹陽尹袁粲聞而詣之指聽事前古柳樹曰人謂此是劉尹所樹每想高風今復見卿清德可謂不衰矣袁粲死節瓛微服往哭高帝踐阼召問政道答曰政在孝經帝咨嗟曰儒者之言可寶萬世欲以國子博士用不拜後以母老闕養拜彭城郡丞當世推爲大儒以比古之曹鄭璡有至性祖母病疽經年手持膏藥漬指爲爛母孔氏謂親戚曰阿稱便是今之曾子稱瓛小字也卒後梁天監元年詔爲瓛立碑謚曰貞節

先生（南史本傳）

劉璡字子瓛之弟也方軌正直儒雅不及瓛而文采過之建元初爲武陵王冠軍征虜參軍王與僚佐飲自割鵝炙璡曰陪夫之事殿下親執鸞刀下官未敢安席因起請退瓛夜隔壁呼璡下牀著衣立然後應瓛怪其久答曰向束帶未竟其方軌如此文惠太子召璡入侍東宮尋署射聲校尉（南史本傳）

唐裴懷貴壽春人少與滁州邢文偉和州高子貢俱以博學知名於江淮間（舊唐書邢文偉傳）

元周楨字子幹安豐下蔡人操行端簡經史淹通以儒業任安豐路判官歸老手不釋卷（江南通志）

明石璟字廷用臨淮人成化辛卯舉人見聞該博學有淵源（江南通志）

張雲漢宿州人博學多才著有閔子世譜十二卷（四庫全書存目）

鄭斐字非文壽州人理學湛深里中無長幼咸稱鄭先生訂正喪禮一編尤爲簡要（江南通志）

國朝張介字受之壽州歲貢篤志聖賢之學訓詁潛山士風丕變（江南通志）

陳赤字懷丹壽州人事親盡孝力學篤行所著有周易解及詩文集（江南通志）

周文郁字昆哉壽州人順治庚戌進士家貧苦讀博通羣籍遂

於理學不樂仕進以教授自給有星哉遺文行世壽州志

戴龍宸字敬承壽州優廩生講明理學以孝事親父母卒廬墓三年積修金建宗祠友愛兩弟終身不衰著有勉學篇周易貫旨大學發要同治中祀鄉賢壽州志

許倓字敬庵懷遠歲貢富文史尤嗜近思錄非學道之士相對不作一言有所論難風發泉涌弟佑字啟人歲貢方苞嘗見其文甚偁賞之閉戶潛修時語人曰吾家白雲先生不教人科舉之文謂是理義所由辨吾謂科舉文亦有義利之分如金正希文自是成仁取義者所爲項水心文艾千子謂是敗壞心術之作是也兄弟皆有古儒者風懷遠縣志

呂緝熙字敬甫壽州廩生通諸子百家繼悟正學潛心義理著有求志編國語存液諸子述醕述孟子程子晰疑大學約旨讀四書集註同治年祀鄉賢安徽通志

方仙根字蟠三壽州歲貢賦性高潔早有文名邃於理學選訓導辭不就以經史圖籍自娛游其門者皆成通才卒年八十有六著有四書講義壽州志

王存廉字苑泉宿州廩生潛心濂洛關閩之書說經尤精於易著有易筌數十卷內行敦篤處骨肉之艱彌形友愛鄉黨偁之安徽通志

文治字純熙懷遠廩生年十九讀韓子原道歐陽子本論張子

正蒙朱子觀心說諸篇即深信篤守一意以古人自期家居授徒前後從遊百餘人咸彬彬有古學者風卒年三十八著有鳳山文集懷遠縣志

沈文基字煥章宿州庠生中年潛心道學博考精擇惟以朱子爲宗著有思誠遜志二集宿州志

劉藝字經田定遠庠生慎言謹行教子弟先講正心立品而後論文藝一鄉之士奉爲模範定遠縣志

熊賢醕字原齋鳳陽人道光丙午舉人學有本原教授生徒以身體力行爲先務著有讀書會要錄鳳陽縣志

李相靈字西琛宿州恩貢品學優純士林矜式著有古文及家範十則漕運總督張之萬敬禮之卒年七十三宿州志

徐賁字乾元宿州人篤志經史理學深醕著四子書講義宿州志

人物傳 文學

淮南自漢劉安聘九師作道訓人文蔚然而九人之姓氏不傳或曰皆淮南人是時招致英儁以百數羣臣作賦四十餘篇載於班固藝文志然姓名皆無攷而沛人褚先生等能潤色文詞說經有法則已載入儒林今錄文學諸賢自漢被公始

漢被公九江人宣帝時修武帝故事講論六藝羣書博盡奇異之好徵能楚詞被公召見誦讀漢書王襃傳

史岑字子孝一字孝山沛國人王莽末以文章顯莽以為謁者所著有出師頌丹頌誄復神說疾其四篇後漢書王隆傳及章懷太子注

魏嵇康字叔夜譙國銍人其先奚姓會稽上虞人以避怨徙焉銍有嵇山家於其側因而命氏兄喜有當世才歷太僕宗正徐州刺史康早孤有奇才與魏宗室婚拜中散大夫當修養性服食之事著養生論又為君子無私論寓居山陽與阮籍山濤向秀阮咸王戎劉伶友善號竹林七賢山濤將去選曹舉康自代康作書拒絕之東平呂安與康善安為兄所枉訴并收康鍾會與康有隙譖之文帝遂遇害時年四十晉書本傳

晉薛瑩字道言沛郡竹邑人太子少傅綜次子也孫皓立太子又領少傅後坐劉定事下獄右國史華覈上疏曰瑩涉學既博

文學尤妙同僚之中瑩爲冠首皓遂召瑩爲左國史吳天紀四年晉軍征吳皓降瑩至洛陽特先見叙爲散騎常侍太康三年卒著書八篇名曰新議（三國志薛綜傳）

嵇含字君道喜之孫康之從孫也好學能文舉秀才除郎中時王粹以貴公子尚主館宇甚盛圖莊周於室使含爲讚含援筆爲弔文其序曰畫眞人於刻桷之室載退士於進趨之堂可弔不可讚粹有慚色含後歸劉宏於襄陽宏欲表爲平越中郎將廣州刺史會宏卒含素與司馬郭勱有隙夜掩殺之懷帝卽立謚曰憲（晉書嵇紹傳）

梁劉顯字嗣芳沛國相人父毆官晉安內史顯幼而聰敏當世

號爲神童天監初舉秀才學博涉多通任昉嘗得一篇缺簡書書字零落諸人莫能識顯云是古文尚書所刪逸篇昉檢周書果如其說沈約於坐策顯經史十事顯對其九名流無不推賞魏人獻古器有隱起字顯案文讀之無有滯礙考校年月不差一字高祖甚嘉焉歷官平西諮議參軍州戎昭將軍（梁書劉顯傳）

劉㲄字仲寶顯從弟也儒雅博洽善詞翰隨湘東王在藩十餘年寵寄甚深當時文檄皆其所爲位至吏部尚書國子祭酒魏克江陵入長安（南史劉璠傳）

陳劉師知沛國相人祖奚之齊諮議參軍淮南太守有能政父景彥梁司農卿師知博涉工文筆臺閣故事多所詳悉紹泰初

高祖入輔以爲中書舍人掌詔誥高祖爲丞相加九錫受禪其儀注並皆師知所定世祖立敕撰高祖起居注爲十卷陳書本傳

隋劉臻字宣摯顯之子也年十八舉秀才元帝時遷中書舍人江陵陷周宇文護辟爲記室軍書羽檄多成其手封饒陽縣子高祖受周禪進位儀同三司高熲伐陳以臻隨軍典文翰進爵爲伯臻耽悅經史精於兩漢書時人稱爲漢聖有集十卷行世隋書本傳

宋郭延澤好學博通典籍仕爲國子博士知建州以虞部郎致仕居濠城南有小園以自娛詠牡丹千餘首傳寫書籍至萬卷號爲書藏景德中遣使詣其家取三館所缺書進至三千卷明袁

文新鳳陽新書

朱丙定遠人湻熙間鄉貢士著文辨六卷定遠縣志

元楊叔幹字立之定遠人少有才名博覽强記登省元入翰林益著聲望江南通志

明胡敏字伯成定遠人洪武己卯舉人永樂時與修大典歷營繕司員外郎以事謫廬龍宣德初授鄞縣操己端方臨事剸果盡革宿弊民無科擾尤以興學爲念邑人慕之後官至監察御史浙江通志　江南通志

黃清字廉夫定遠人性清介博學尤精於易著有蛙鳴集梅峯隨筆定遠縣志

周常字茂永定遠人永樂壬辰進士歷任福建河南僉事所至風裁凛然敏悟日誦萬言文章下筆立就長於詩 江南通志

苗衷字公彝定遠人永樂辛卯一甲二名進士授編修預修宣廟實錄纂典文衡正統初楊士奇薦爲經筵講官歷升兵部侍郎入内閣典機務進兵部尚書致仕卒贈少保諡文康著有雪窩稿史閣記聞歸田錄 萬姓通譜 江南通志

黃金字良貴定遠人成化甲辰進士官至廣西布政司箸有東澗集泉山稿 定遠縣志

柳瑛字廷玉臨淮人天順乙丑進士授戶科給事中擢河南按察司僉事致仕歸家居好讀口吟手披不輟所箸有明朝大禮一書中都志凡六易稿積三十年而後成 鳳陽縣志

凌耀宗臨淮人以博學宏詞授中書舍人升禮部員外郎侍經筵天順間預修一統志 萬姓統譜 江南通志

黃淮字仲南定遠人博覽羣書箸有通鑑輔義 江南通志

顧伯謙字有終臨淮人宏治壬子舉人學本六經居鄉孝友箸有起亭集 江南通志

張軏字行之壽州人正德間授羽林衛經歷改虎賁衛廉謹敦樸工詩文箸有西淝遺稿 壽州志

徐養相鳳陽人嘉靖丙辰進士所箸有禮記輯覽八卷 四庫全書存目

陳周字光楚懷遠諸生才學敏贍善屬文其弔卞和詩云把酒

看荆山且共春風醉心事類卞和不洒卞和淚其人可知矣懷遠縣志

任文石字伯介宿州人嗜古學工詩賦以歲貢司訓維揚尋退居相山箸有相山志藕花墅集江南通志

李方華字根培懷遠歲貢箸有燕翼堂易鈔懷遠縣志

陳玠字貴和定遠庠生隆慶初欲條陳時事上之終嫌越分至京而反箸有七經待問錄羣史集要依永一知及古今文字記定遠縣志

張棐懷遠人河南孟津縣教諭能詩箸有龍城集懷遠縣志

楊尙渾字無鑿懷遠人少隨其大父嘉猷靖邊任黃台吉三娘子臨邊邀賞尙渾啟嘉猷疏其不可謹斥堠以待之歲省金錢以萬計督撫以邊功題敘酌用不就居家究心典籍構遜我齋岫雲小閣儲古今書數萬卷所箸有片月樓稿岫雲閣艸桐城相國何如寵爲敘之懷遠縣志

凌思恒字士占定遠諸生工書時郡縣學碑皆督學黃其昌譔文令思恒書丹曰凌生楷法實勝余諸生毋薄家雞也定遠縣志

楊國陛字篤生定遠人性簡淡篤好古文以古文詞見重於時定遠縣志

李九鼎鳳臺廩生敦實行富文詞鳳臺縣志

梅效懷遠歲貢上蔡縣教諭博學能文工楷書祀鄉賢懷遠縣志

徐琦懷遠庠生中年浪游足蹟半天下遺書甚多懷遠縣志

錢杲懷遠舉人知浙江樂清縣搜求元詩人李孝先文集刻之杲亦善屬文懷遠縣志

王守謙字鳳竹靈璧人以歲貢歷清河教諭博極羣書多所箸述致仕歸年逾八十流寇攻城猶率子弟登陴拒守隨筆紀事所箸有小隱窠爽言喚世編爲縣令蘇一圻借鈔遂攜去不傳靈璧縣志

趙炯然字心陌一字亘中壽州諸生父某明季被寇執不屈死炯然負異才七歲能爲詩於學無所不窺文字奇古尤邃於術數兵法甲申之變北望嘔血死箸有大明中極八陣鈐筍支極

思集若干卷藏於家其已刊者惟息壤三卷吳江吳育所撰趙亘中先生傳

梅和羹字叔未懷遠人世居塗山麓博學好友飲酒賦詩怡然自適卒年七十有八箸毛詩括韻說學者宗之懷遠縣志

方燦字文若懷遠庠生性誠篤足跡不入城市喜讀書所箸有毛詩四書講義通鑑纂要諸書懷遠縣志

呂養性字四非懷遠庠生鄉居四十年足跡不入城市博學能文所箸有寄生草六帙卒年八十餘懷遠縣志

張暹字東漸壽州庠生工詩文篆刻自署大布衣放浪孤僻尤精繪事其奇氣磅礴溢於楮墨斷紈尺幅人知寶貴同州張逵字鴻漸亦博學能詩有水磨灘叉魚行膾炙人口壽州志

劉芳節宿州諸生學識淵博多撰述妙於理解崇禎時學使命講禮之用章問何謂禮何謂和對曰公正坐於上諸生侍立於下仰是禮公坐於上而坦然諸生立於下而亦坦然即是和學使稱善宿州志

國朝丁啟明字東有宿州歲貢知定興縣清民田興學校革雜派招流亡在任六年善政不可悉紀因被誣遭吏議以詩見知監司獲解詩名益振江南通志宿州志

按安徽通志丁啟明姓字兩見一見於官績一見於文苑係誤編今訂正於此

胡梅定遠人明東川侯海裔孫侯喜藏書至梅猶存十七萬卷遂徧觀之為文與詩皆不冒蹈襲前人一語著有卧嶺自訂集同邑馬紹周與梅友每借書讀之著有唐宋間十國志對山四部稿定遠縣志

方度字漢節壽州歲貢明巡撫震孺孫心氣和平甘受人欺工詩善書壽州志

閔煥字小文懷遠人前明孝子魁曾孫也康熙己丑歲貢桃源訓導著有詩集子大全歲貢南陵教諭著有四書斧斯集及詩古文集懷遠縣志

熊時定字六貞明南京兵部尚書明遇從子本江西人順治七年入鳳陽籍為諸生與邑人尹紳容劉紫脫何紫雯皆工詩文

結詩社著有春秋四傳合注十卷三才考輿四卷假山堂詩文集若干卷鳳陽縣志

劉雲龍字伯從鳳陽廩生工詩古文詞一時知名士多出其門子韻見政事傳鳳陽縣志

尹端字紳容鳳陽人博學能文善詩歌順治間選入國子監以疾告歸南游吳越北出上谷歷雲中落拓不羈縱情詩酒與同縣劉韻善韻知河內端依之益肆力於詩鳳陽縣志

田大璽字荊山鳳陽人康熙乙未進士歷知尉氏武甯永安諸縣有政聲著詠桃詩百首傳誦日下鳳陽縣志

王溥字天一定遠人祖公度好施與嘗焚券溥由舉人考授中書養親不仕著有雲濤經藝漉餘詩稿定遠縣志

陳元中定遠人有才不遇布衣終老著拙可詩存六卷次子春陶庠生孫靖生舉人篤孝行定遠縣志

葛佩蘭字鳳鳴壽州人沈潛篤學雍正三年受知於學使孫勷淦補諸生時功令試士無試帖故精詩字者鮮佩蘭獨工吟詠一時名宿競以韋柳方之臨晉唐小楷於道德經尤神似留心小學著發蒙字考三卷壽州志

邵昇懷遠歲貢立品端方著有四書同文集從之游者皆有聲庠序子英入乾隆舉人昇親見七代鄉人偁之懷遠縣志

楊懌字牖民懷遠人父僴字汗青乾隆丙辰進士選庶常散館

後遂不出惇以拔貢授頴上訓導訓課甚勤積勞成疾卒於官
箸有洛川古文集洛川詩集懷遠縣志

張星熠鳳臺人康熙時廩生品優學粹博覽淹通工古文詞州
來碑碣多出其手鳳陽縣志

方引長壽州廩生箸有春秋要旨壽州志

鄧宗元字濬川壽州舉人乾隆時翰林院待詔箸有宛陵詩草
壽州志

余法祖字秋漁壽州廩貢箸有小舟山房文集壽州志

李敦字養純鳳臺廩生篤志勤學藏經籍數千卷性孝友父病
侍湯藥衣不解帶者數百日父歿遂以哀慟成疾卒箸有養純

詩集鳳臺縣志

宮樵字喬望懷遠人乾隆己酉拔貢授阜陽訓導以卓異保舉
知建安縣愛民如子上官知其廉勤將申薦牘遽以母老乞養
歸未幾卒樵善讀書工詩文官訓導時阜陽有西湖之勝每攜
友朋登臨賦詩箸有二石軒稿懷遠縣志

余陳烈號芥舟壽州人以明經官天長休甯桐城教諭天長饑
上官委之振立法嚴明吏不敢欺既去民攀轅而泣乞養歸築
荆樂園别墅日與昆季吟咏其中箸有荆樂園詩文集法時帆
式善詩話陳古漁毅所知集皆采入之壽州志

孫巘懷遠廩生精注疏之學有遺稿又同邑歲貢李冠箸自怡

集懷遠縣志

孫嘉瑜字吟秋壽州人自童時學爲韻語金壽門農見而奇之性敏涉獵書史一覽不忘歷游江淮詩益進著有景梅山房集壽州志

凌和鈐定遠諸生與兄拔貢和鈞並有詩名著有牧嵐小草學使朱竹君筠爲之序定遠縣志

張佩字鳴珂壽州庠生工書精篆刻於書無所不窺考訂金石文字足資考證詩法東坡客游半天下至輒傾其座武進李兆洛所選小山嗣音多采其詩壽州志

常太和字合齋懷遠人乾隆壬午副貢戴文敏常師之官南陵

教諭博雅工詩有句云道遠親朋常入夢官貧兒女盡思家春歸夢斷王孫草秋盡泥空燕子梁秋水池塘人影瘦夕陽庭院鳥聲稀爲袁簡齋所賞子瑾廩生亦能詩過銅雀臺云漳水西流夜未央高臺有女泣殘妝但能生覓喬家壻不願焚香侍魏王人皆傳誦懷遠縣志

蔡强字懋行鳳陽人乾隆戊辰進士好古力學爲文有根柢與康熙乙酉舉人孫某字玉采庚子舉人李銓字伯衡友善三人皆獨行有守者同時有張轂字次渠泰宗洙字鷺洲皆雍正間選貢與强並以能文稱鳳陽縣志

陳止敬字景文臨淮人自號三雅居士能詩歌古文博覽羣書

家無儋石晏如也鳳陽縣志

殷從南字再復臨淮歲貢博極羣書學徒甚衆乾隆十五年選贛榆訓導佐縣辦振士民愛戴著有四書周易道德經諸解藏於家鳳陽縣志

刁世綸字琴軒鳳陽諸生博學能文著有刁氏叢錄農圃約言草莽腐談匏尊詩集同邑處士趙蘭秀亦著有瑣言鳳陽縣志

葛蔭南字霈棠壽州廪生保訓導學有本原生徒甚盛精說文通古韵工篆隸著有許書重文攷又攷十三經字不見於說文者又有聖賢祀典攷畧易硯齋文存詩存若干卷卒年八十二采訪冊

劉錫祉字介繁鳳臺歲貢耿介峭直不能毀方爲員然內行純篤鄉里敬憚之晚年自歎曰勇猛峻峭何所施之今爲瘖矣因號瘖亭有瘖亭詩集鳳臺縣志

陳瓛字伯已定遠舉人幼讀書患不能精熟沈潛默識遂以淹貫工詩古文詞書法二王片紙爲人所寶尤精小學嘗游京師名噪公卿間性不苟合有顯要折節下交屢詣不爲禮官寶應教諭風骨峭峻多士矜式子衷培字翊青庠生衷培承家學特博工古文詞賦著有蔗畦詩稿四卷輕財好義同族有售宅者後子孫愈困無住處衷培舉宅還之不索值定遠縣志

陳燮字月漁定遠庠生家極貧所思績學工詩古文詞善誘後

進門下士多登鄉會榜者子薪翹舉人薪傳庠生定遠縣志

蕭景雲字亦喬壽州人道光元年舉孝廉方正未及赴都而卒工書善詩喜遨遊涉富春登會稽歷括蒼赤城盡攬浙東西之勝歸而鍵戶著述家無宿儲泊如也少受知於東武竇東皋鼐竇官浙江學政時延入幕有袖千金乞關說者怒而揮之著有招鶴堂詩文集壽州志

魏炳麟鳳陽恩貢敦品力學淹貫羣經諸子爲文悉本經義晚年操守益堅一介不取著有十竹齋詩稿鳳陽縣志

王鼎字禹夫鳳陽歲貢好學敦品工籀篆精壬式著有四書詮解淮河源流江南水利諸書又著春秋翼注缺哀定二公門人蔡以綸續成之以綸字傳舟由歲貢選授祁門縣訓導言行功過每日必記雖耄年不輟著有天文圖攷翠竹軒詩草鳳陽縣志

胡寶光字硯傭鳳陽臨淮鄉歲貢孝友篤學著有讀書謄錄十友軒詩草鳳陽縣志

仲友連字景僊靈璧諸生博涉羣經尤精義理爲尙書沈德潛所器重中年嬰目疾遂棄舉業著有詠風草堂古近體詩六卷子三人緒超緒趵均歲貢緒起拔貢選授黟縣教諭均承家學能文章趵著有黃雪軒詩稿六卷采訪冊

林士佑字保卿懷遠人父晉奎由拔貢歷官貴州同知著洗蓮山人集士佑爲名諸生隨父之官清操自勵四十失耦義不再

娶亦無妾侍箸瀟湘詩賦草各二卷懷遠縣志

許所望字叔翹懷遠增生於書無所不讀足跡半天下關山之阨要河渠之通塞靡不究悉而尤長於詩所在交其賢俊多從之游上元管同贈詩有海內名家皆地主江南賢士半門生之句兩江總督陶澍登采石見壁間題句云天地有謀能設險江山無故不生才詢之知爲所望作遂延禮之年八十餘卒懷遠縣志

楊承啟字振之懷遠拔貢家貧假人書讀之日盡數函箸有鋤月山房詩集懷遠縣志

楊榮袞字竹士懷遠歲貢工詩及駢體文致力天文句股之學繪分野圖輯算學舉隅箸夢回齋詩集詩餘詞餘懷遠縣志

楊若荀字潁川懷遠舉人箸有詩文集史論水經注金石考諸書懷遠縣志

余陳猷字鳧舟壽州貢生箸有音韻識略培遠堂詩稿壽州志

凌泰封字瑞臻定遠人嘉慶丁丑一甲第二名進士由編修歷官浙江杭州府知府咸豐五年卒箸東園詩鈔定遠縣志

方士淦字蓮舫定遠增生嘉慶丁卯淀津 召試舉人由內閣中書歷官浙江湖州府知府辦災賑修石塘有治聲緣事戍伊犁尋釋回撰東歸日記生還詩草蔗餘偶筆定遠縣志

張謙字盆亭鳳陽人嘉慶間進士學業淵深箸有醉墨齋文稿尚友集詩稿六官駢萃路史韻言淮南舊蹟年八十八卒鳳陽縣志

湯珏字蓉邨懷遠人湯璐弟著蓉邨詩集詩格在唐中晚間懷遠縣志

李方華鳳陽歲貢著燕翼堂易鈔鳳陽縣志

任玉書字瑞麟鳳陽歲貢品行端方篤學善誘著有琴軒詩稿鳳陽縣志

孫克佐字竹田壽州優貢嘉慶戊寅淀津　召試二等咸豐初官歙縣訓導著有字學尋源耕漁小憩秋窗蟲吟等集壽州志

孫克依壽州貢生有義行著香雪軒詩文集壽州志

王甜字引修壽州副貢著古今文數千篇安徽通志

孫克修字竹君壽州人浙江鹽大使著暢園詩存二卷聽鸝吟榭詩鈔二卷壽州志

張偉畧字藎渠陶信芳字秋水皆壽州歲貢偉畧著四書講義信芳著天香齋吟草壽州志

劉甜壽州貢生著曉月吟稿安徽通志

蕭珠壽州庠生著間中吟安徽通志

周篚壽州諸生著竹甫詩鈔安徽通志

孫國榮字逸亭壽州增貢候選訓導好學能詩嗜泉石不樂仕進嘗捐金修孫家樓橋於城北闢瑯琊山館藏書甚富考訂金石文字編次成帙著有白雲草堂文集香谷詩鈔詩餘讀畫樓

瑣記晚年繼父志刻瑯琊山館叢書百餘種（壽州志）

孫清黼字章白壽州優貢著碧雪山房詩集梅花夢香乘士齋釋詁（壽州志）

孫樹南字晴軒壽州人父炳圖官戶部郎中樹南隨侍少攻苦與都下名流互相砥礪中道光乙未順天舉人著有攓雲山房詩文集（壽州志）

孫桂森字小山壽州恩貢著有桐花軒詩文集弟錫疇增貢生亦有文名錫嘏道光乙酉拔貢著有古文近體詩（壽州志）

孫家澤字沛農壽州人風裁俊逸文行兼優道光乙酉舉人戊戌進士禮部祠祭司主事著有筆花軒經藝（壽州志）

張之藻字仲文懷遠庠生書法效米襄陽工吟詠著有譙中集善養生之術卒年九十有九（懷遠縣志）

孫玠字古玉懷遠人祖祚昌以武功顯高士奇爲撰墓銘父維震知衡山縣有治績玠以州同知爲幕僚兩江總督尹繼善器之著有詩集（懷遠縣志）

孫家穀字小楚鳳臺廩生歷山東甘肅知府道員用能詩精篆籀有吉金貞石盦文集一枝巢詩詞鈔卒　贈太常寺卿（壽州志）

丁津字星瀾宿州諸生博雅淵通不樂仕進閉戶窮經者三十年手未嘗釋卷足未嘗履城市著有濯月亭晴雪樓詩稿兩山

堂文集子育果爲麻陽令攜之赴任失於洞庭湖宿州志

周開農字孝先宿州人父廷棟載隱逸傳開農歲貢生品行端方學識淵博著古田小草宿州志

周開官字建六宿州廩貢生性孝友多聞强識著借山堂詩集三十卷宿州志

宋允賢字碩甫懷遠歲貢少慧早知名爲文有先正典型著守文堂集行世懷遠縣志

余逢春字方泰宿州歲貢博聞强記著周史八十卷宿州志

孫長和字小雲壽州廩貢咸豐初元舉孝廉方正歷署池州府教授黟縣教諭並得士心善隸書能詩著有懷雨樓詩集其去黟也同官元和朱駿聲贈詩有華老詩篇風格勝過庭書譜漏痕多之句弟翼祖字蕉圃著有周易貫指亦名周易通元和朱氏傳經室詩存黟縣程伯專沮壽傳

梅奎璧字文徵宿州歲貢學問純正善書工詩古文詞尤精周易與張修和邵景舜並修省志卒年八十四著作佚於兵火修和字琢之恩貢生潛心濂洛關閩之學卒年八十一景舜字耕山廩貢生父開濬候選教官景舜幼秉庭訓博覽羣書手自丹鉛務爲經世之學留心時事咸豐年兵事以及忠義節烈手編成帙史家資之邵氏子孫科名甚盛宿州志

郭太素宿州廩生博學强識研究經史及天文性理律歷諸書

駢不精通文詞古奥値撚匪之亂舉家三十餘口遇害太恭攜幼子賣卜自給同治間卒（壽州志）

沈桂字雲溪懷遠人工吟詠著有自怡集嚶鳴小草道光乙未丙申間與邑人勝立言朱學孔姚肇修宋敬修魏維廉陳德馨聯爲七老會又作五百歲壽朋會楊元吉贈以聯云合編甲子三千字同閱春秋五百年一時稱勝事焉立言恩貢生著有石圃詩稿學孔歲貢生著有艾軒詩稿肇修歲貢生著有退思軒詩稿尤工書法敬修歲貢生工篆書著有修竹館詩稿德馨文生著有佩芳詩稿維廉監生著有介夫詩稿（定遠縣志）

周元輔字左樞壽州諸生博涉經史百家受業於涇縣包愼伯

荆溪周保緒武進湯雨生所學逾邃遭世亂深自晦不求人知以故貧困家藏古籍及所著多燬於兵火同治中署巡撫吳坤修方欲招致會卒題其墓曰壽州詩人刻其意山閣詩集四卷續鈔一卷（采訪冊）

淩煥字小南定遠人道光癸卯優貢甲辰　恩科舉人考內閣中書卷中多用天文家說侍郎曾國藩大賞之咸豐末入大臣袁甲三江甯將軍都興阿臨淮戎幕同治初兩江總督曾國藩李鴻章先後禮辟保薦奇才異能署江南鹽巡道無何乞病歸卒於家煥韶年即有才子之目筆翰如流所著多散失僅存損寅詩稿（采訪冊）

徐伯鑑字菊生壽州附貢博覽羣書受知於巡撫英翰召入幕從征數省軍書多出其手奏保藍翎五品銜知縣卒於軍營
卹賜鑾儀衛經歷銜蔭一子入監讀書期滿以縣主簿銓用著有適軒尺牘卷雲山館詩賦鈔子惟中用中皆諸生惟中承蔭 采訪冊

許邦達字孚尹懷遠拔貢少年穎悟絕人文賦膾炙人口教授生徒數百人多以科名顯嘗訓諸生曰士得志則爲名臣不得志則爲正士不可以窮達易操也編有五代文存詩稿多散佚 采訪冊

高錫基字月川懷遠歲貢咸豐間避苗逆之亂南遊荊楚北走

燕冀足跡半天下爲古文詩詞有奇氣蘇松太道馮焌光延主講廣方言館後選太平訓導士林皆欽服著有指所齋文集四卷駢文一卷因過山房詩集四卷荊塗叢憾集一卷卒年八十 采訪冊

宋烈字菊潭壽州貢生候選教諭時藝神似張曉樓教授生徒三十年弟子千餘人中鄉會榜者皆出其門卒年八十五著有思補堂文集 采訪冊

鮑德俊字克齋壽州人由歲貢中同治癸酉順天鄉試榜所爲賦膾炙人口尤長於草檄章奏佐烏魯木齊提督金運昌軍出嘉峪關十餘年數建奇策洊保同知 贈四品卿銜年七

十餘卒著有芻言一卷采訪冊

魏瑶林字時庵壽州人五品銜監生咸豐初捐餉倡義練禦苗匪率弟邦楨子象觀等出境擊撚匪邦楨等戰死遂退衛鄉里後與弟庠生閶閉戶讀書以詩文自娛著有讀史攷異小學要覽地理一知錄年八十二卒采訪冊

呂蘭坡靈壁諸生道光中捐金修城垣祠宇學宮建敬一亭講求天文占驗之學手裒一編附論辨稿未定而卒已定者有寄閒齋攷古錄又襍記若干卷同縣諸生高湛著有蘋風閣詩草增生陸大望著有失餘齋稿附生陸大瀛著有茗香堂集恩貢陸大任著有棣蕚樓詩草舉人陸大倣著有南嶽集歲貢陸德鈐著有三間屋詩存廩生高友恕著有棣華館詩餘附貢高友林著有如芥園吟草歲貢程士爕著有四箴堂詩集歲貢程士盤著有根盦小吟附生謝克長著有守拙軒詩遺廩生朱克讓著有攷亭遺卷增生陸大全著有一峯剩稿附生程文著有問渠書屋詩草附生沈子方著有課餘集二卷采訪冊

曹子龍字卧雲壽州廩生少有才名著鳴鶴堂詩集壽州志

王守謙字鳳竹靈璧人以歲貢官清河教諭著有小隱窠爽言采訪冊

胡廷璋字奉宜靈璧歲貢著有清音詩集八卷同縣歲貢高蟠石著有鏌崖詩草恩貢戴從善著有剡溪詩草增生單培初著

有對松軒詩稿采訪冊

楊黼榮字輔臣懷遠人父蘭甲伯父奎甲皆有文名黼榮爲文瓌麗光緒丙子鄉榜解首授內閣中書著有浣雲閣經藝四卷寓無竟齋文集

朱第字少楣懷遠人天資明敏未冠十三經成誦爲文格正理純教授生徒甚衆著有儀禮摘要歷代文苑辨誤寓無竟齋文集

何爾泰字昌期鳳陽人道光丙午舉人品行端方學宗先正年未弱冠即有文名後選雲南趙州牧之任卒教從弟開泰崧泰皆成進士鳳陽縣志

高曾祧字梅谿鳳陽歲貢咸豐間以團練守城保舉知縣五品

銜戴藍翎改就教諭品學兼優慷慨好施嘗修橋路歲暮捐米肉錢濟鄉里之煢獨者著有强恕齋詩草鳳陽縣志

李玉琛字菊坪鳳陽臨淮鄉歲貢品行中正少有文名學徒數百人顏其居曰書城春靄鳳陽縣志

吳溙字桂川懷遠歲貢工詩能文遺稿人多傳誦懷遠縣志

曹璜字以瓛臨淮鄉恩貢品端學粹取與不苟卒年七十有八著有劫餘錄鳳陽縣志

陶杰字翰甫定遠舉人事親孝治家嚴爲學根柢經史公車七上不第家居教授一時知名之士多出其門卒年七十四子茂勳舉人有父風萊勳廩生定遠縣志

馮鈞簡字靜岑定遠人監生博極羣籍不習舉子業爲文敏贍弟鈞輔鈞佐皆廩生鈞輔著有耕石詩稿鈞佐以古文爲時文有廢疾諸兄撫愛倍常皆工奕兄弟論文對棋一門之內怡怡如也邑中言孝友者推馮氏鈞簡子炳章庠生孫榮基廩生鈞輔子玉章辛酉拔貢定遠縣志

年貴行字艮園懷遠人順行弟順行語具忠節傳貴行咸豐癸丑歲倡團練保鄉里副都御史袁甲三駐軍臨淮甚倚重之以歲貢積功保知府有從軍詩膾炙人口懷遠縣志

宋樞字向宸懷遠增生性孝友事嗣母徐生母許咸能得其歡心弟璇偶有忤從不直斥之曲引旁通俟其自悟生平無疾言

遽色輯有節孝錄懷遠縣志

楊榮袞字繡君懷遠歲貢候選訓導工詩文兼通句股算學著算學舉隅夢回齋詩集同族增生楊榮恩亦有才名通史學采訪冊

俞克敏字幼農懷遠歲貢善屬文尤長詩賦邑中才士多出其門著有流溉軒詩賦各稿年七十一卒采訪冊

周御風字化南懷遠增生有文名性行純粹見人善則偁之如不及見人過緘口不言懷遠縣志

淩泰垣字乙齋定遠人由拔貢官五河訓導文章詩賦遠近知名著有桐軒詩集兵燹後稿已散失定遠縣志

方玉璪字采卿定遠進士爲諸生時汪文端視學皖中以國士目之後以分發知縣改部郎從鮑覺生侍郎游所造益精性淡泊旋歸教授門下多以科名顯定遠縣志

方玉堦字予蒲定遠人監生治家恪遵朱栢廬先生格言績學工詩箸有素園詩鈔子銘裕庠生銘常己酉拔貢定遠縣志

王磐字西斗定遠人少孤聰穎嗜學年十四入邑庠後稍荒廢試屢下有邵先生者姍笑之由是發憤力學與子會圖同中嘉慶己卯舉人選豐縣教諭未赴就養於子會圖官署以慈惠愛民和平接下爲訓在鄉里善誘掖後進卹寒士濟貧乏宿藍水災就食常數百人里人置酒招之無貴賤必往時以息訟曉姍相勸每言訟事報復爲害無窮但能稍忍須臾今日之忿遲至次日則氣自平矣有啟釁者輒治酒食和解胥役不至里門者四十餘年晚歲常語人曰吾不忘邵先生德也其與人無侮如此箸有文集詩草若干卷定遠縣志

楊樹善懷遠歲貢箸詩文集百餘卷藏於家安徽通志

方汝宣字畬青定遠人道光丙午副榜咸豐壬子舉人性孝友工詩古文詞箸有曉軒詩文集由教習用知縣未仕卒定遠縣志

陳鍾長字仲治定遠優貢幼讀書穎悟過人文理精密論者謂得方文輈矩矱箸有文稿百餘篇兄鍾聲字伯衡監生隨父鼎雯宦京師至孝年二十六卒箸有獨醒齋詩集定遠縣志

陳祺字介眉定遠增生爲文融會儒先義理善講四子書生徒甚盛鳳陽進士王錦雯同邑舉人陳燮有文名皆其弟子年八十三歲卒送葬數百人多知名士時以爲榮子鼎璥優廩生咸豐間城陷殉難定遠縣志

淩奎興字撥華定遠人州同知工詩文刻有詩草書法宗晉唐而秀逸饒天趣子和鏞增貢候選主簿辦賑務邑人德之定遠縣志

陳龍夔字克諧定遠廩生孝友惇篤經術湛深其文醕而後肆門下多知名士著有紅雪山房文集定遠縣志

周文謨字建豐定遠廩生禮法自持好箸文多精理名言與陳龍夔友善龍夔鮮許可獨推文謨年未四十卒龍夔爲作傳定遠縣志

王璥字華峯定遠舉人於書無所不讀箸有古堂詩鈔兄璦字五峯好古精篆書藏金石千百種多能采識不輕爲人書印一篆額一印章必擇其人而與之定遠縣志

方玉垣字瑤圃定遠人孝友篤誠身律如其文律所箸有叢桂堂全集弟玉埴亦有文行定遠縣志

王文勳字雲圖懷遠人爲諸生時苦學晝夜坐綮牀擁書置飲器遠擲雙履欲起行不得如是者數年遂博覽羣書中道光乙未舉人官甯國府教授所箸文集經亂散佚同邑有同年生潘繡字少霞由進士曾官山東博興縣才清學贍詩文集亦散失

人傳其買闌句云嗟女王者香胡彼錢奴使盡寓自慨之意焉
邑人常琦字孟韓學淵博讀書過目成誦著有經解多散亡又
庠生宮黎歷官江西盧溪新城餘干南康知縣能詩稿亦散失懷遠縣志

金綸鳳臺歲貢學問淹雅善誘掖後進所著詩稿兵燹後多散失鳳臺縣志

張銳字穎脫鳳臺歲貢砥行力學工詩古文辭教弟子以六經爲宗鳳臺縣志

岳華字蓮峯鳳臺歲貢著述甚多遭兵燹散佚惟州來碑版多出其手與增生李敏求廩生張款齊名均工書法鳳臺縣志

王鍔字劍亭鳳臺舉人著述宏富未梓皆佚惟存制藝館課八口鳳臺縣志

張秩字敦庸鳳臺歲貢孝友恭謹讀書砥行尤留心經世之務善爲文壽臺碑碣多出其手鳳臺縣志

江之湘鳳臺歲貢著漱花軒詩草安徽通志

方德注鳳臺歲貢孝廉方正著四香齋詩草安徽通志

方銘彝定遠舉人官郎中著悔軒詩稿安徽通志

方士鼐定遠廩生官教諭著四持軒詩鈔安徽通志

林士綸懷遠副貢著湘鄉詩稿安徽通志

孫貫字轍中壽州人有孝行親歿茹素終身著長嘯齋詩草安徽

通志

金式彥字蝶園鳳臺歲貢學問淵博當苗沛霖未反時招致之不可以守城功保薦光緒七年選太平教諭未之任卒箸有蝶園詩鈔鳳臺縣志

李景蓮字又白鳳臺庠生父素亭工詩景蓮亦好吟詠箸蛩吟餘響縈琴詩集鳳臺縣志

吳映垣字星槎鳳臺廩生父春煦歲貢生品純學粹工詩善書映垣與弟映軒詩古文詞皆美惜傳者無多亂後盡散失矣鳳臺縣志

趙士貴字安榮鳳臺人性慷爽好觀諸子書尤嗜國策楚詞工

詩愛吳越山水游歷久之咸豐初治團練衛鄉里有琴鶴堂日錄漫游隨筆遯園詩草鳳臺縣志

張蟾桂鳳臺庠生豪邁重義講求經世之學振興書院學校任勞怨尤耽吟詠有詩集鳳臺縣志

張瀛堂鳳臺廩生試用訓導箸有亂餘小草寄斯集蒿目吟又存眞錄一卷記苗事也鳳臺縣志

方士貞鳳臺廩貢生候選教諭長於古歌有詩文集若干卷鳳臺縣志

魏純字和龕鳳臺增生性誠篤重道義善誘掖後進以經學爲宗故門下多知名士所箸詩文集歿後多散佚鳳臺縣志

魏允中鳳臺廩生敦品力學博覽經史善古文詞鳳臺縣志

潘永康鳳臺人好學熟精文選著有嘯月小草二卷鳳臺縣志

王韶律鳳臺庠生性謹厚孝友工詩賦著有聘梅堂詩草同邑

王恩捷早慧十餘齡涉獵經史過目不忘著有友竹軒詩草鳳臺縣志

人物傳 政事

鳳郡仕族勳望之盛權輿於楚都壽春在漢則有沛國之陳氏在晉則有龍亢之桓氏在宋則有壽春之呂氏至明勳閥尤著 國朝則推壽州孫氏定遠方氏懷遠林氏英俊之域紱冕所興已足冠於皖邦故正其學術館達四方其政事皆彰彰在人耳目間今攷諸史傳上自周秦斷自蹇叔始述政事

周蹇叔銍人秦之賢大夫也先是秦繆公授百里傒以國政讓曰臣不及臣友蹇叔蹇叔賢而世莫知臣常游困於齊而乞食銍人徐廣曰銍一作鋌張守節曰銍地名在沛縣蹇叔收臣臣欲事齊君無知蹇叔止臣臣得脫齊難遂之周王子頹欲用臣蹇叔止臣遂得免誅事虞君蹇叔止臣臣知不用其言遂及於難是以知其賢於是繆公使人厚幣迎蹇叔以爲上大夫繆公將襲鄭蹇叔諫曰不可臣聞之襲國邑以車不過百里以人不過三十里皆以其氣之趣與力之盛至是以犯敵能滅去之能遠今行數千里又絶諸侯之地以襲國臣不知其可也公曰子不知也遂使孟明視西乞術白乙丙將兵行果敗於殽三將皆爲所虜及晉許歸三帥繆公素服郊迎嚮師而哭曰孤違蹇叔以辱三子作秦誓其篇中所謂一箇臣蓋指蹇叔也左傳 秦本紀 呂覽 史記 史紀正義

按呂覽悔過篇蹇叔有子曰申與視高誘注申白乙丙也視
孟明視也皆蹇叔子史記秦本紀百里傒子孟明視蹇叔子
西乞術白乙丙案皆誤今從左傳

甘茂下蔡人事下蔡史舉先生學百家之術因張儀樗里子而求見秦惠王王見而悅之使將而佐魏章略定漢中地蜀侯煇相壯反秦武王使茂定蜀還爲左丞相使之魏約伐韓茂恐樗里子公孫奭間之要王盟於息壤遂伐韓宜陽五月不拔二人果爭之王召茂欲罷兵茂曰息壤在彼王曰有之因大起兵擊之遂拔宜陽後竟以向壽公孫奭之讒亡去卒於魏史記本傳

甘羅茂之孫也年十二事秦相呂不韋秦使張唐相燕欲以燕

伐趙以廣河間之地唐不肯行甘羅請行之不韋曰我身請之而不肯汝焉能甘羅曰項橐生七歲爲孔子師今臣生十二歲於茲矣君其試臣於是見唐恍之以白起之誅而唐請往羅復請於不韋往說趙因恍趙以張唐相燕將兵伐趙之事而趙自割五城以廣河間秦既不與燕和趙攻燕得三十六縣予秦有十一甘羅還報秦乃封羅以爲上卿復以甘茂田宅賜之戰國策史記甘茂傳

漢陳萬年字幼公沛郡相人爲郡吏察舉至縣令遷廣陵太守以高第入爲右扶風遷太僕廉平內行修以丙吉薦代于定國爲御史大夫子咸字子康年十八以萬年任爲郎有異才抗直

數言事刺譏近臣遷爲左曹萬年卒元帝擢咸爲御史中丞總領州郡奏事課第諸刺史內執法殿中公卿皆敬憚之石顯用事顯權咸頗言其短顯憾之奏咸漏泄省中語下獄因廢成帝即位補長史遷冀州刺史徵爲諫大夫出爲楚內史北海東郡太守坐王章免官復起爲南陽太守豪彊執服令行禁止後徵爲少府又爲光祿大夫給事中以事免漢書本傳

薛廣德字長卿沛郡相人以魯詩教授楚國龔勝舍師事焉蕭望之薦廣德經行宜充本朝爲博士論石渠遷諫大夫代貢禹爲長信少府御史大夫爲人溫雅有醖藉及爲三公直言諫爭始拜旬日上幸甘泉郊泰畤因留射獵廣德上書諫上即日還

其秋上酎祭宗廟出便門欲御樓船廣德當乘輿免冠頓首曰宜從橋上亦從之後月餘乞骸骨賜安車駟馬黃金六十斤宣德爲御史大夫凡十月免東歸沛太守迎之界上人以爲榮縣其安車傳子孫漢書本傳

竇子明銍人元封中陵陽令專務淵默化民清靜爲治縣務治理一統志太平寰宇記

召信臣字翁卿九江壽春人以明經甲科爲郎出補穀陽長舉高第遷上蔡長視民如子所居見稱遷超爲零陵太守徵爲諫大夫遷南陽太守爲民興利務在富之開通溝渠凡數十處以廣溉灌歲歲增加多至三萬頃有二十九陂之利又禁止奢靡

府縣吏家子弟游敖其化大行郡中莫不耕稼力田百姓歸之戶口增倍盜賊獄訟衰止吏民親愛信臣號之曰召父遷河南太守治行常為第一復數增秩賜金竟甯中徵為少府列於九卿奏請朝廷減一切共張及非法食物省費歲數千萬信臣年老以官卒元始四年詔書祀百辟卿士有益於民者蜀郡以文翁九江以召父應詔書歲時郡二千石率官屬行禮奉祠信臣冢南陽亦為立祠漢書循吏傳後漢書杜詩傳注水經注

范遷字子廬按漢官儀云字子閭沛國人為漁陽太守以智略安邊匈奴不敢入界後為河南尹有清行永平四年代郭丹為司徒有宅數畝田不過一頃復推與兄子其妻曰君有四子而無立錐之

地可餘奉祿以為後世業遷曰吾備位大臣而畜財求利何以示後世在位四年薨家無儋石焉後漢書郭丹傳

徐防字謁卿沛國銍人祖父宣為講學大夫以易教授父憲亦傳宣業防少習父祖學永平中舉孝廉除為郎體貌矜嚴占對可觀顯宗異之特補尚書郎職典樞機周密畏慎和帝時遷司隸校尉出為魏郡太守遷少府大司農拜司空防以五經久遠聖意難明宜為章句以悟後學上書言太學試博士弟子皆以意說不修家法臣以為博士及甲乙策試宜從其家章句開五十難以試之解釋多者為上第引文明者為高說若不依先師義有相伐皆正以為非詔書下公卿皆從防言拜為司徒遷太

尉參録尚書事安帝即位以定策封龍鄉侯其年郡國被水災異數降西羌反叛防上書自陳過咎遂策免就國卒子衡當嗣讓其弟崇數歲不得已乃出就爵云東觀漢記後漢書本傳

夏勤字伯宗九江壽春人從樊儵受公羊嚴氏春秋章句爲宗宛二縣令零陵太守所在有理能稱安帝永初三年以鴻臚代魯恭爲司徒元初二年罷後漢書安帝紀樊宏傳章懷太子注

陳寵字昭公沛國洨人咸之曾孫也咸第三子欽欽子躬建武初爲廷尉左監早卒躬生寵明習家業少爲州部吏辟司徒鮑昱府勤心物務昱高其能轉爲辭曹掌天下獄訟其所平決無不厭服衆心爲昱譔辭訟比七卷決事科條皆以事類相從公

府奉以爲法肅宗初爲尚書時吏政尚嚴寵以爲宜改前世苛俗乃上疏言之帝深敬納遂詔有司絶鉆鑽諸慘酷之科解妖惡之禁除文致之請讞五十餘事定著於令漢舊事斷獄報重常盡三冬帝始改用冬初十月賈宗上言以爲宜盡三冬寵奏聖功美業不宜中疑帝納之遂不復改出爲太山太守轉廣漢太守訟者日減郡中清肅擢大司農永元六年爲廷尉數議疑獄務使寬恕十六年代徐防爲司空寵雖傳法律而兼通經書奏議溫粹號爲任職相在位三年薨後漢書本傳

陳忠字伯始寵之子也永初中辟司徒府遷廷尉正司徒劉愷舉忠明習法律宜備機密擢拜尚書居三公曹忠自以世典刑

法用心務在寬詳初父寵在廷尉上除漢法溢於甫刑者未施行忠略依寵意奏上二十三條爲決事比又上除蠶室刑解贓吏三世禁錮狂易殺人得減重論母子兄弟相代死聽赦所代者事皆施行安帝始親朝事忠以爲宜徵聘賢才以宣助風化數上薦隱逸及直道之士後連有災異詔上封事忠慮言事者激切或致不能容乃上疏豫通帝意忠以久次轉爲僕射遷尚書令延光三年拜司隸校尉糾正中官外戚賓客近倖憚之不欲忠在內出爲江夏太守復留拜尚書令卒後漢書本傳

桓典字公推沛郡龍亢人大常榮之元孫也傳其家業以尚書教授潁川門徒數百人舉孝廉爲郎會沛相王吉被誅故人親

戚無敢至者典棄官收葬服喪三年負土成墳立祠堂而去辟司徒袁隗府舉高第拜侍御史是時宦官秉權典執政無所迴避常乘驄馬京師畏憚爲之語曰行行且止避驄馬御史及黃巾賊起滎陽典奉使督軍破賊以牾宦官賞不行在御史十年不調獻帝即位從西入關拜御史中丞賜爵關內侯後漢書桓榮傳太子賢注

桓鸞字始春沛國龍亢人父良爲龍舒侯相太尉焉弟子也少立操行縕袍糲食不求盈餘以世濁不肯仕年四十餘太守向苗舉鸞孝廉遷膠東令始到官而苗卒即棄職奔喪終三年然後歸江淮之間高其義後爲陳留己吾長遷河內汲令甚有名

跡徵拜議郎上陳五事悟內豎不省以病免後漢書桓榮傳東觀漢記

劉馥字元頴沛國相人建安初曹操表爲揚州刺史馥單馬造合肥空城建立州治恩化大行流民歸者以萬數於是聚諸生立學校廣屯田興治芍陂及茹陂七門吳塘諸堨以溉稻田官民有蓄又高爲城壘多積木石編作草苫數千萬枚益貯魚膏數千斛爲戰守備建安十三年卒後孫權攻合肥天雨城欲崩以苫蓑覆之夜然脂照城以爲備士民追思比之董安于之守晉陽三國志本傳

魏倉慈字孝仁淮南人建安中曹操開募屯田於淮南以慈爲綏集都尉黃初末爲長安令清約有方吏民畏而愛之太和中遷燉煌太守郡在西陲以喪亂隔絕曠無太守二十歲大姓雄張慈到抑挫權右撫恤貧羸甚得其理歲決刑不過十人民翕然稱其德卒於官吏民悲痛如喪親戚圖畫其形立祠祀之三國志本傳

劉子揚淮南成悳人汝南許邵名知人稱其佐世之才揚州輕俠鄭寶擁部曲欲彊逼子揚越赴江表以計斬之乘寶馬詣寶營呼其渠帥喻以禍福遂統其眾歸廬江太守劉勳又從勳歸曹操辟爲司空倉曹掾授以心腹之任每有疑事輒以函問至一夜數十至操征張魯轉爲主簿黃初元年爲侍中賜爵關內侯太和中爲大鴻臚以大中大夫卒謚曰景子陶字季治善論

縱横爲當時所推曹爽時爲選部郎鄧颺之徒稱之以爲伊吕毋丘儉之起也司馬師以問陶陶荅依違師怒出爲平原太守又追殺之三國志劉曄傳並注干寶晉紀

史渙字公劉沛國人少任俠有雄風曹操初起以客從行中軍校尉從征伐以忠勇顯常監諸將見親信轉中領軍掌禁兵封列侯三國志夏侯惇傳並注

劉靖相人馥之子也黄初中從黄門侍郎轉廬江太守遷尚書賜爵關內侯出爲河南尹散騎常侍應璩作書稱之以爲雖昔趙張三王之治未足以方靖爲政初如碎密終於百姓便之有馥遺風後爲大司農衛尉進封廣陸亭侯上疏陳儒訓之本遷

鎮北將軍假節都督河北諸軍事靖以爲經常之大法莫善於守防使民夷有別遂開拓邊守屯據險要又修廣戾渠陵大堨水溉灌薊南北三更種稻邊民利之嘉平六年薨追贈征北將軍封建成鄉侯謚曰景子熙嗣三國志劉馥傳

胡質字文德楚國壽春人父敏字通達以方正徵曹操問蔣濟曰胡通達長者也甯有子孫否濟曰有子曰質規模大畧不及於父至於精良綜事過之操即召質爲頓丘令黄初中爲吏部郎常山太守遷任東莞在郡九年吏民便安遷荆州刺史加振威將軍賜爵關內侯吴朱然圍樊城質輕軍赴之城中乃安遷征東將軍假節都督青徐諸軍事廣農積穀有兼年之儲置東

征臺且佃且守又通渠諸郡利舟楫嚴設備以待敵海邊無事嘉平二年卒家無餘財惟有賜書數篋而已追封陽陵亭侯諡曰貞子威嗣三國志本傳 胡氏譜

蔣濟字子通楚國平阿人初仕郡計吏州別駕建安十三年孫權圍合肥時軍有疾疫惟遣張喜領千騎解圍濟白刺史僞得喜書云步騎四萬已到雩婁權開而燒圍走拜丹陽太守文帝受禪上萬機論帝善之黃初三年詔與曹仁征吳仁不從其言而敗以濟代領其兵明帝即位賜爵關內侯曹休率兵向皖濟策其必敗請即詔諸軍救之而已休果退還遇救而免遷至護軍將軍散騎常侍齊王時進爵昌陵亭侯遷太尉高堂隆論郊

祀以魏爲舜後濟爲文以追詰隆欲以俳諧而頗中其失司馬懿誅曹爽濟初作書與爽不過免官爽遂不出奔而致滅族自病其言發疾卒三國志本傳注

桓範字元則沛國人世爲冠族延康中爲羽林左監以有文學與王象等典集皇覽明帝時爲領軍尚書遷征虜將軍使持節都督青徐諸軍事以事坐免正始中拜大司農前在臺閣號爲曉事及爲司農又以清省稱嘗鈔撮漢書中雜事以意斟酌之名曰世要論曹爽輔政以範鄉里老宿特敬之及司馬懿欲誅爽閉城門範矯詔出城詣爽說其以天子赴許昌徵兵爲輔爽不能從範曰老子今坐卿兄弟族矣遂與爽等同誅魏略

吳薛綜字敬文沛郡竹邑人少明經善屬文有秀才孫權召爲五官中郎除合浦交趾太守黄龍三年建昌侯慮爲鎮軍大將軍屯半州以綜爲長史慮卒入守賊曹尚書遷尚書僕射時權盛怒欲親征公孫淵綜上書諫權遂不行徙選曹尚書爲太子少傅卒凡所著詩賦難論數萬言名曰私載又定五宗圖述二京解皆傳於世子翊官威南將軍三國志本傳並注

魯肅字子敬臨淮東城人家富於財性好施與以賑貧結士爲務周瑜爲居巢長過候肅并求資糧肅指三千斛米一囷與之遂相親接瑜薦肅於孫權與言大悦肅因說權鼎足江東以觀天下之釁權遣肅弔劉表喪行至夏口聞曹操已據荆州肅徑

到當陽迎劉備勸其與權併力肅既反命衆皆勸權迎操肅獨說權召周瑜拒之遂破曹於赤壁周瑜將死薦肅自代卽拜奮武校尉代瑜領兵威恩大行拜漢昌太守偏將軍從破皖城轉横江將軍年四十六卒權爲舉哀遺腹子淑永安中爲昭武將軍都亭侯武昌督建衡中假節遷夏口督所在嚴整有方幹卒子睦襲爵領兵馬三國志本傳

鄭胄字敬先沛國人父札才學博達爲孫權從事中郎定朝儀胄有文武資局少知名舉賢良稍遷建安太守呂壹賓客於郡犯法胄收付獄壹懷恨密譖胄權大怒召胄還潘濬陳表爲請得釋後拜宣信校尉還執金吾子豐字曼季有文學操行與陸

雲善與雲詩詞往反司徒張華辟未就卒三國志衛臻傳並注

晉武陔字元夏沛國竹邑人父周魏衛尉陔沈敏有器量與二弟韶茂並總角知名同郡劉公榮有知人之鑒常造周周見其三子公榮曰皆國士也陔魏明帝世爲下邳太守累遷司隸校尉初封亭侯改封薛縣侯泰始初拜尚書掌吏部遷左僕射左光祿大夫開府儀同三司陔以宿齒舊臣名位隆重自以無佐命之功又在魏已爲大臣不得已而在位深懷遜讓卒謚曰定子輔嗣韶字叔夏歷吏部郎太子右衛率散騎常侍茂字季夏名亞於陔爲上洛太守散騎常侍侍中尚書後爲楊駿所陷見害茂清方正直聞於朝野一旦枉酷天下傷焉侍中傅祇上表

申明之追贈光祿勳晉書本傳

袁甫字公胄淮南人好學以詞辯稱常詣中領軍何勖自言能爲劇縣除松滋令轉淮南大農晉書本傳

劉宏字和季一字叔和沛國相人祖馥父靖宏有幹畧少家洛陽與晉武帝同居永安里又同年共研席以舊恩起家太子門大夫累遷甯朔將軍假節監幽州諸軍事甚有威惠寇盜屏跡以勳德兼茂封宣城公太安中張昌之亂進拜侍中鎮南將軍開府儀同三司都督荊州諸軍事時荊部守宰多闕宏請補選帝從之乃敘功銓德隨才補授人皆服其公當蓋宏值王室多難得專命一方於是勸課農桑寬刑省賦百姓愛悅推誠羣

下蠲其器能將士用命有流民十餘萬在荆州宏給其田種糧食賢才擢而序用之流民乃得安集晉室天下鼎沸惟宏專督江漢威行南服前廣漢太守辛冉說宏以從橫之事宏大怒斬之陳敏寇揚州引兵欲西上宏遣江夏太守陶侃屯夏口侃與敏本同郡或有間侃者曰侃脫有異志則荆州無東門矣宏曰侃之忠能吾得之已久必無是也乃以侃爲前鋒督護委以討敏之任侃聞有間者言之乃遣子及兄子爲質宏遣之曰賢叔征行君祖母年高便可歸也匹夫之交尚不負心況大丈夫乎陳敏竟不敢闚境永興三年詔進號車騎將軍開府餘官如故宏待將佐事成則曰某人之功敗則曰老子之罪每有興發手

書密欵人皆感悅曰得劉公一紙書賢於十部從事及卒襄陽士女嗟痛若喪所親卒後司馬郭勱欲推成都王穎爲主宏子討勱斬之東海王越表贈宏新城郡公謚曰元（晉書本傳）

胡威字伯武一名貔淮南壽春人魏荆州刺史質之子也威早厲志尚質爲荆州威自京都省之十餘日告歸父賜絹一匹爲裝威曰大人清高不審如何得此絹曰是吾俸祿之餘以爲汝糧威乃受之爲侍御史歷南鄉安豐太守遷徐州刺史勤於政術風化大行入朝武帝謂曰卿與父孰清對曰臣父清恐人知臣清恐人不知臣不及遠也累遷監豫州諸軍事右將軍豫州刺史入爲尚書加奉車都尉拜前將軍監青州諸軍事青州刺

史封平春侯卒贈鎮東將軍謚曰烈子奕嗣奕字次孫仕至平東將軍威弟顯字季象亦有幹用仕至益州刺史安東將軍（晉書本傳）

劉惔字真長沛國相人祖宏字終嘏光祿勳宏兄粹字純嘏侍中弟潢字沖嘏吏部尚書並有名中朝時人語曰洛中雅雅有三嘏父耽晉陵太守亦知名惔少清遠與母任氏寓居京口家貧織芒屩以爲養蓽門陋巷晏如也人未知識惟王導深器之論者比之荀粲尚明帝女廬陵公主累遷丹陽令爲政清整門無雜賓每奇桓温才而知其有不臣之跡及温爲荊州惔言於帝曰温不可使居形勝地其位號常宜抑之帝不納年三十六卒孫綽誄之云居官無官官之跡處事無事事之心時人以爲名言（晉書本傳）

劉昶字公榮沛國人性通達仕至兗州刺史（世說新語劉孝標注引晉陽秋）

按劉昶晉書無傳世說新語屢載飲酒事與阮籍友善通志宿州志皆未載今補錄

劉恢字道生沛國人識局明濟有文武才王濛每稱其思理淹通屏藩之高選爲車騎司馬歷丹陽尹年三十六卒有文集二卷贈前將軍（世說新語劉孝標注隋書經籍志）

按劉恢晉書無傳晉書地理志沛國相治正今之宿州安徽通志宿州志皆未載今補錄

桓宣譙國銍人祖詡義陽太守父弼冠軍長史宣開濟篤素爲丞相舍人南中郎將王含請爲參軍祖逖攻樊雅求助於含遣宣往宣即說雅降之逖留宣討諸未服皆破之遷譙國內史逖卒祖約與蘇峻同反宣拒約不與之同後陶侃使鎮襄陽以其淮南部曲立義成郡招懷初附勸課農桑十餘年間石季龍再遣騎攻之宣得衆心每以寡弱距守論者以爲次於祖逖周訪庾亮爲荊州以宣爲都督沔北前鋒征討軍事平北將軍司州刺史假節鎮襄陽季龍使騎七千渡沔攻之三面爲地窟攻城宣募精勇出其不意殺傷數百多獲鎧馬賊解圍走庾翼代亮更以宣爲都督司梁雍三州荊州之南陽襄陽新野南鄉四郡軍事梁州刺史封竟陵縣男宣久在襄陽綏撫僑舊甚有稱績卒贈鎮南將軍子戎官至新野太守 晉書本傳

桓伊字叔夏譙國銍人父景有當世才仕至侍中丹陽尹中領軍護軍將軍長社侯伊有武幹累遷大司馬參軍授淮南太守以綏御有方進督豫州之十二郡揚州之江西五郡軍事建威將軍歷陽太守與謝元共破苻堅別將王鑒張蚝等封宣城縣子又進都督豫州諸軍西中郎將豫州刺史苻堅南寇與謝元俱破苻堅於肥水封永修縣侯進號右將軍伊性謙素雖有大功而始終不替善音樂盡一時之妙有蔡邕柯亭笛常自吹之後於帝前吹笛撫箏歌詩以諷諫謝安歎曰使君若於此不凡伊

在州十年綏撫荒襍甚得物情遷都督江州荊州十郡豫州四郡軍事江州刺史徵拜護軍將軍卒贈右將軍加散騎常侍謚曰烈子肅嗣卒子陵嗣伊弟名不才亦有將略討孫恩至冠軍將軍（晉書桓宣傳）

桓沖字幼子譙國龍亢人贈太常彝之季子也從其兄溫征伐有功督荊州五郡雍州京兆揚州義城軍事甯朔將軍義城新野二郡太守又從溫破姚襄及虜周成進號征虜將軍賜爵豐城公遷鎮威將軍江州刺史西陽譙二郡太守溫卒詔爲中軍將軍都督江揚豫三州軍事盡忠王室謝安輔政沖解揚州自求外出溫舊黨莫不扼腕而沖處之澹然改授都督徐兗豫青揚五州軍事徐州刺史鎮京口加侍中復解徐州以車騎將軍都督豫江二州軍事遷鎮姑孰尋遷都督江荊梁益甯交廣七州軍事荊州刺史移鎮上明卒前將軍劉波等伐苻堅拔筑陽攻武當走堅兗州刺史張崇又使兄子石虔伐堅襄陽太守閭震擒之以功封其次子謙宜陽侯又平魏興上庸新城三郡既而苻堅盡國內侵沖深以根本爲憂發病卒贈太尉謚曰宣穆七子嗣謙修崇宏羨怡嗣字恭祖累官至西陽襄城二郡太守後領江夏相卒贈南中郎將謚曰靖（晉書桓彝傳）

宋趙倫之字幼成下邳僮人宋孝穆皇后之弟也武帝起兵以軍功封閬中縣五等侯累遷雍州刺史武帝北伐倫之遣將出

曉柳大破姚泓於藍田及武帝受命以佐命功封霄城侯少帝即位徵拜護軍元嘉三年拜領軍將軍卒謚元侯子百苻字潤遠嗣少好弓馬爲甯遠將軍文帝即位累遷徐兗二州刺史吏人畏之如虎而刼盜無敢入境後爲丹陽尹子倩尚文帝女海鹽公主以事詔離婚伯符慙懼卒謚曰肅傳國至孫勗 南史本傳

鄭黑壽陽人仕豫州刺史奉朝請殷敬琨叛黑起兵淮上東捍敬琨西拒常珍奇遷司州刺史 宋書殷敬琨傳 資治通鑑

齊劉奚之相人仕齊爲淮南太守以善政聞子景彥爲騎都尉有名於時 宿州志

梁裴邃字淵明本河東聞喜人祖壽孫徙居壽陽爲宋前軍長

史父仲穆驍騎將軍邃十歲能屬文善左氏春秋齊建武初刺史蕭遥昌引爲府主簿壽陽有八公山廟遥昌爲立碑使邃爲文甚見偁賞後刺史裴叔業以壽陽降魏隨衆北徙爲魏郡太守梁天監初自拔南還求邊境自效以爲廬江太守屢破魏軍以功封夷陵縣子後爲竟陵太守開置屯田公私便之再遷北梁秦二州刺史復開創屯田數千頃平義州降魏將封壽除豫州刺史加督鎮合肥督征討諸軍事襲壽陽大敗魏將長孫承業在軍疾篤尋卒贈侍中左衛將軍進爵爲侯謚曰烈子之禮嗣之禮字子義美容儀能言元理武帝設無遮會僻象驚排突陛衛王公皆散唯之禮不動帝壯之以之禮爲壯勇將軍北徐

州刺史卒於少府卿謚曰壯梁書本傳 南史本傳

隋裴政字德表壽春人邃之孫之禮之子也幼明敏博聞强記達於時政在梁平侯景之亂以軍功封夷陵侯徵授給事黃門侍郎復副王琳拒蕭紀加平越中郎將鎮南府長史及周師圍荆州琳自桂州來赴難政請間道先報元帝爲周所獲蕭詧鎖之至城下許以富貴使謂元帝曰王僧辨已自爲帝王琳孤弱不復能來政許之既而告城中曰援兵大至各自勉吾當碎身報國江陵陷周文帝聞其忠授員外散騎侍郎命與盧辯依周禮建六卿撰次朝儀車服器用多遵古禮事並施行尋授刑部下大夫轉少司憲用法寬平無有冤濫宣帝時以忤旨免職隨

高祖輔政召復本官開皇元年轉率更令加位上儀同三司詔與蘇威等修定律令進位散騎常侍左庶子以數諫爲太子所疏出爲襄州總管令行禁止小民蘇息稱爲神明卒年八十九子南金仕至膳部郎隋書本傳

唐裴懷古壽州壽春人儀鳳中上書闕下補下邽主簿遷監察御史姚嶲道蠻反命馳驛懷輯之申明誅賞歸者日千計俄縛首惡遂定南方蠻夏立石著功恒州浮屠爲其徒誣告祝詛不道武后怒命案誅之懷古得其枉爲申析不聽因曰陛下法與天下畫一豈使臣誅無辜以希盛旨卽其有不臣狀臣何情寬之后意解得不誅閻知微之使突厥懷古監其軍默啜立知微

稱可汗欲官懷古不屈四軍中得亡歸遷祠部員外郎始安賊歐陽倩衆數萬剽没州縣以懷古爲桂州都督討之諭以禍福賊迎降輕騎赴之至壁撫諭嶺外悉平徙相州刺史并州大都督長史所至吏民懷愛俄轉幽州都督卒於官唐書本傳

劉知謙壽州上蔡人避亂客封州爲清海牙將節度使韋宙以兄女妻之衆謂不可宙曰若人狀貌非常吾以子孫託之黃巢自嶺表北還湖湘間羣盗蟻結知謙據封州有詔即授刺史兼賀水鎮使以遏梧桂知謙撫納流亡愛嗇用度養士卒得精兵萬人多具戰艦境内肅然知謙卒子隱居喪賀江士民百餘人謀亂隱一夕盡誅之嶺南節度使劉崇龜召補右都押牙兼賀

水鎮使唐書本傳附隱

龐嚴字子肅壽春人第進士舉賢良方正策第一拜拾遺辭章峭麗爲元微之李紳所厚薦爲翰林學士李逢吉逐李紳出嚴爲信州刺史復稍遷太常少卿太和五年權京兆尹竊幹不阿貴勢卒於官唐書于志寧傳

晉程遜字浮休壽春人召入翰林充學士自兵部侍郎承旨授太常卿天福三年秋以禮部尚書爲加恩使使吳越母羸老雙瞽遜未嘗白執政以辭之將行母以手捫其面號泣送之仲秋之夕陰暝如晦遜嘗爲詩曰幽室有時聞雁叫空庭無路見蟾光同僚見之訝其詩語稍異及使迴遭風水而溺焉五代史傳十國春秋

南唐李元清濠州人周師侵淮南元清父聚鄉里義士鏤紙爲鎧號白甲軍與官軍同守濠州水寨兵潰元清徙金陵趫捷善走能及奔馬常步入汴洛刺事後主嗣位以吉州永新與湖南聯境命元清爲永新制置使每數月一託疾不坐衙微服入湖南境人無知者敵人動息元清常豫知之治境累年邊障晏如先是夏賦準貢見緡民以變直折閱爲苦元清納帛一疋折錢一貫爲制民甚便之唐亡入汴義不仕二國因僞稱失明召驗之揮刃將及頸目不爲瞬乃放歸十國春秋本傳

劉與壽春人有學識性方言直動多忤物嚴續薦爲監察御史起居舍人時論善之馬令南唐書嚴續傳十國春秋嚴續傳

宋高觀字會之宿州蘄人進士起家爲嘉興縣主簿以孫奭薦改祕書省箸作佐郎累遷尚書屯田員外郎通判泗州詔定淮南茶法陳說利害不報召爲戸部判官安撫河北還爲京西轉運使徙益州彭州廣碕麗水二峽地出金宦者挾富人請置場募人採之觀曰聚衆山谷間與夷獠雜處非遠方所宜奏罷之王蒙正恃章獻太后親多占田嘉州詔勿收賦觀又極言其不可後因累貶通判杭州入爲三司鹽鐵判官歷官給事中知單州卒子秉常爲梓州路轉運使宋史本傳

閻日新宿州臨渙人少爲本州牙職補三司使役吏歷遷至慶州都監景德初命管句邠甯環州駐泊兵馬時部署張凝屢入

邊界焚旗帳日新旨提兵應援移知慶州上言野溪三門特險請開古川道東至樂業鎮西出府城從之累官至萬州刺史大中祥符初改文思使屢請對多所建白且自陳筋力尙壯願正授刺郡守邊城以效用俄拜坊州刺史將祀汾陰改知同州從祀睢上賜襲衣金帶後爲昭州團練使知單州天禧初卒宋史本傳

呂夷簡字坦夫先世萊州人祖龜祥知壽州子孫遂爲壽州人夷簡進士及第補絳州軍事推官累遷至濱州代還奏農器有算非所以勸力本也遂詔天下農器皆勿算擢提點兩浙刑獄遷尙書祠部員外郎時京師大建宮觀伐村木於南方工徒以期會急有死者夷簡請緩其役又言盛冬挽運艱苦須河流漸通以卒番送眞宗嘉其有爲國愛民之心仁宗卽位以給事中參知政事尋拜同中書門下平章事章懿太后爲順容薨宮中未治喪夷簡朝奏事因曰聞有宮嬪亡者太后遽引帝起有頃獨出曰卿何間我母子夷簡曰太后他日不欲全劉氏乎遂請發喪成服備儀仗葬之太內火百官晨朝而宮門未開輔臣請對帝御拱辰門百官拜樓下夷簡獨不拜帝使問故曰宮廷有變百官願一望淸光帝舉簾見之乃拜太后崩帝始親政事夷簡手疏八事封申國公徙許國公感風眩詔拜司空平章軍國重事詔曰古謂髭可療疾今翦以賜卿授司徒以太尉卒贈太師中書令謚文靖自仁宗初立太后臨朝十餘年天下晏然夷

簡之力爲多宋史本傳

呂公綽字仲祐夷簡長子歷知鄭州嘗問民疾苦父老曰官籍民産第賦役重輕至不敢多畜牛田疇荒蕪公綽奏之自是牛不入籍遷工部員外郎爲史館修撰同判太常寺兼提舉修祭器公綽請悉更造採月令以薦新諸物配合爲圖考定禘祫時祭之禮爲郊祀總儀上之又言婦人當從夫謚眞宗謚章聖而后曰莊非禮宜更多施行之改樞密直學士知秦州古渭川諸羌來獻地卻之召爲龍圖閣學士進翰林侍讀學士卒贈左諫議大夫宋史呂夷簡傳

呂公弼字寶臣夷簡次子賜進士出身積遷直史館河北轉運使自寶元慶歷以來宿師備邊既西北撤警而將屯如故民疲餽餉公弼始通御河漕粟實塞下冶鐵以助經費除冗賦及民逋數百萬仁宗材其爲擢都轉運使知瀛州權開封府帝謂宰相曰公弼甚似其父知成都府寬而有威軍府肅然召入代蔡襄爲三司使神宗時王安石知政嫌其不附己公弼上章避位不許議衛兵不可減廩從淮南及肉刑斷不可復帝皆從之安石立新法將疏論之爲安石所知而先奏遂罷觀文殿學士知太原府麟州無井惟沙泉在城外欲拓城包之而土善陷夏人每至圍城人皆憂渴死公弼倣古拔軸法去其沙實以末炭墐土於其上板築立遂包泉於中自是城堅不陷州得以守俄以

疾請知鄭州判蔡州卒贈太尉謚惠穆（宋史呂夷簡傳）

呂公著字晦叔幼嗜學至忘寢食父夷簡器異之曰他日必爲公輔恩補奉禮郎登進士第召試館職不就通判潁州郡守歐陽修與爲講學之友後修使契丹契丹主問中國學行之士首以公著對判吏部南曹仁宗奬其靜退賜五品服除崇文院檢討同判太常寺進知制誥三辭不拜改天章閣待制兼侍讀英宗親政加龍圖閣直學士方議追崇濮王或欲稱皇伯考公著曰此眞宗所以稱太祖豈可施於王及下詔稱親且班諱又言稱親則有二父之嫌王諱但可避於上前不應於七廟同諱呂晦等坐論濮王去公著言陛下卽位以來納諫之風未彰而屢黜言者何以風示天下不聽遂乞補外出知蔡州神宗立召爲翰林學士知通進銀臺司司馬光以論事罷中丞還經幄公著封還其命曰光以舉職賜罷是有言責者不得盡其言也詔以告直付閤門公著又言制命不由門下則封駁之職因臣而廢願理臣之罪以正紀綱帝諭之曰所以徙光者賴其勸學耳非以言事故也公著請不已竟解銀臺司熙甯初知開封府二年爲御史中丞時王安石行靑苗法公著極論之安石怒其深切帝使舉呂惠卿爲御史公著曰惠卿固有才然姦邪不可用帝以語安石安石益怒誣以惡語出知潁州八年慧星見詔求直言公著以爲士之邪正賢不肖旣素定矣今則不然前日所舉

以爲天下之至賢而後日逐之以爲天下至不肖其於人材既反覆不常則於政事亦乖戾不審矣子産治鄭一年而人怨之三年而人歌之陛下垂拱仰成七年于此輿人之誦無踰前日陛下獨不察乎起知河陽召還歷遷端明殿學士知審官院帝從容與論治道遂及釋老公著問曰堯舜知此道乎帝曰堯舜豈不知公著曰堯舜雖知此而惟以知人安民爲難所以爲堯舜也帝又言唐太宗能以權智御臣下對曰太宗之德以能屈已從諫爾帝善其言未幾同知樞密院事有欲復肉刑者議取死囚試劓刖公著曰試之不死則肉刑行矣乃止夏人幽其主將大舉討之公著曰問罪之師當先擇帥苟未得人不如勿舉

及兵興秦晉民力大困大臣不敢言公著數白其害元豐五年以疾匄去位除資政殿學士定州安撫使俄永樂城陷帝臨朝歎曰邊民疲敝如此獨呂公著爲朕言之耳徙揚州加大學士哲宗卽位以侍讀還朝陳十事曰畏天愛民修身講學任賢納諫薄斂省刑去奢無逸又乞備置諫員以開言路拜尚書左丞門下侍郎元祐元年拜尚書右僕射兼中書侍郎與司馬光同心輔政推本先帝之志凡欲革而未暇與革而未定者一一舉行之民讙呼鼓舞咸以爲便光疾病諄諄以國事爲託旣薨公著獨當國選吏皆一時之彥又除科舉諸弊復賢良方正科右司諫賈易以事訐直詆太臣將峻責公著以爲言止罷知懷州

退謂同列曰諫官所論得失未足言顧主上春秋方盛慮異時有進諛説惑亂者正賴左右爭臣耳不可豫使人主輕厭言者也衆莫不歎服吐番首領鬼章青宜結陰與夏人合謀復取熙岷公著白遣軍丞游師雄以便宜諭諸將不逾月岷州行營將种誼復洮州執鬼章青宜結致闕下三年四月懇辭位拜司空同平章軍國事宋興以來宰相以三公平章重事者四人而公著與父居其二士豔其榮明年薨年七十二贈太師申國公謚正獻 宋史本傳 哲宗本紀

呂公孺字稚卿夷簡四子賜進士出身占對詳敏仁宗以為可用為開封府推官民鬻薪為盜所奪逐之遭傷包拯命笞盜公孺曰盜而傷主罪不止笞執不從拯善其守知永興軍徙河陽洛口兵千人以久役思歸奮斧鍤排關不得入西走河橋諸將請出兵掩擊公孺不聽遣牙兵數人迎諭之曰太守在此願自首者止衆皆佇立以俟公孺索倡首者黥一人餘復役所衆皆帖息知開封府時為政明恕原廟亡珠繫治典吏久公孺曰主者番代不一易嘗以珠數相授受歲時謹日宮嬪押在奈何獨指吏卒乎請之得釋擢戶部尚書卒 宋史呂夷簡傳

呂希哲字原明公著長子以蔭入官王安石為政以希哲有賢名欲用為講官辭曰辱公相知萬一從仕將不免異同則疇昔相與之意盡矣安石乃止范祖禹言於哲宗曰希哲經術操行

宜備勸講其父常偁爲不欺暗室詔以爲崇政殿說書紹聖黨論起爲劉拯林希所排分司南京居和州靜坐一室怡然自得徽宗初以直祕閣知曹州旋遭崇甯黨禍奪職宋史呂公著傳 伊洛淵源錄

呂希純字子進希哲弟也登第爲太常博士元祐祀明堂將用皇祐故事並饗天地百神皆以祖宗配希純言皇祐之禮不見於經宜循元豐間式以英宗配上帝悉罷從祀羣神得嚴父之義從之又請定納后婚禮拜中書舍人同修國史內侍梁從政劉惟簡除內省押班持不行閹寺側目或於庭中指以相示曰此繳還二押班詞頭者也後爲章惇張商英曾布所排入崇甯黨籍卒宋史呂公著傳

呂希道字景純壽州人丞相夷簡孫翰林侍讀學士公綽子慶歷六年召賜進士出身歷知解和滁汝澶湖亳七州皆有惠政去而人思之再知澶州發河朔保甲盜賊捕和德下獄窮治取其首領於刼掠處斬之元豐五年夏河東注靈平埽一夕潰岸幾決希道馳至河上督役得無虞張適上河朔鹽利以助邊計詔推行之希道曰祖宗手詔在河朔之人可安不可擾適深恨怒初澶河求徙南北城相望河貫其內故并河爲禁地河既徙而北流有盜刼掠他州縣夜道退灘適因奏强賊由城中過法當按責守臣希道遂罷元祐五年爲少府監熙甯元豐間士急於進取希道獨雍容安分遇事有不可必力爭及元祐之初吏

治寬平希道雅量自如亦不改其故施宿蘇詩注李燾續通鑑長編壽州志

苗時中字子居其先自壺關徙宿州以蔭丰甯陵簿邑有古河久湮請開導以溉田爲利甚溥人謂之苗公河調潞州司法參軍郡守欲入一四於死執不可守悟而聽之熙甯中爲梓州轉運副使韓存寶討蠻乞第逗遛不行時中言存寶不聽卒坐誅林廣代存寶乞第既降復逸去林廣從時中言整軍以進會有詔班師軍行時中以糧道遠創爲摺運法食以不乏官終戶部侍郎宋史本傳

呂開壽州人元豐時爲曹州判官轉運副使鮮于侁以免役事付之開躬行一路雖深山窮谷咨謀靡不備至後爲利州路判官山東通志

呂好問字舜徒壽州人希哲子也以蔭補官坐黨人子弟廢蔡卞得政諷之曰子少親我卽列顯階好問笑而不答靖康元年以薦擢御史中丞先是徽宋將內禪詔解黨禁除新法而蔡京黨戚害其事莫肯行好問上疏言利害欽宗嚮納又疏蔡京過惡乞投海外削王安石王爵褒表江公望等除靑苗之令章疏十上每奏對帝雖當食每使畢其說欽宗再幸金營好問實從已而金人立張邦昌以好問爲事務官因說邦昌以利害使亟還政且書白康王宜自立金人既退高宗卽位好問奉太后書詣行在高宗勞之曰宗廟獲全卿之力也除尚書右丞以恩封

東萊郡侯避地卒於桂州宋史本傳

呂本中字居仁壽州人好問子元符中主濟陰簿性清約不煩而治紹興六年召赴行在特賜進士出身擢起居舍人兼權中書舍人苗亙以贓敗有詔從黥本中奏止之又上書言自守之計必先有不可動之勢伺彼有釁一舉可克歷遷侍講兼權直學士院初本中與秦檜同爲郎相得甚歡檜既相私有引用本中封還除目檜勉其書行卒不從又與趙鼎深相知鼎遷僕射本中草制有曰合晉楚之成不若尊王而賤霸散牛李之黨未如明是以去非檜大怒風御史劾罷之卒謚文清宋史本傳山東通志

魏杞字南夫壽春人紹興壬戌進士知涇縣罷無名科費太平

繁昌二縣獲盗宰尉希公賞日加鍛鍊因誣引涇民五十三家杞聞馳檄取審悉縱諸被誣者累遷宗正少卿湯思退建和議命杞爲金通問使孝宗面諭一正名二退師三減歲幣四不發歸附人杞條上十七事擬問對上隨事畫可行次盱眙金將欲觀國書杞曰御封也見主當廷授至金館伴張恭愈以國書稱大宋脅去大字杞拒之卒正敵國禮損歲幣五萬不發歸正人北還上慰藉甚渥以使不辱命一歲至相位卒贈特進謚文節宋史本傳

王希呂字仲行宿州人渡江後自北歸南登乾道己丑進士除右正言時張說以攀援戚屬擢用希呂上章劾之見斥直聲聞

遣邏淮右擇帥命希呂以知廬州兼安撫使修葺城守安集流散兵民賴之加直寶文閣江西轉運副使召入歷官吏部尚書出知紹興府百廢具舉尤敬禮文學端方之士天性廉正遇利害無回護意惟是之從居官廉潔至無屋可廬自紹興歸猶寓僧寺上聞之賜錢造第宋史本傳

董槐字庭植定遠人少喜言兵自方諸葛亮周瑜父永怒其言乃折節受學於朱元晦門人輔廣廣歎其善學嘉定六年登進士第爲廣德軍錄事參軍雪富人李桷之枉脫之於獄通判鎮江府會李全叛涉淮槐卽日將兵濟江而西全遯去乃還嘉熙時知江州流民渡江來歸者十餘萬槐發粟賑之至者如歸焉招降劇盜翟全用爲裨將由是諸盜皆歸累遷江東安撫使知建康府兼行宮留守軍政弗治爲賞三等以教士卒坐作進退擊刺之法歲餘盡爲精兵遷廣西運判兼提點刑獄至邕州上守禦七策南方悉定召赴闕封定遠男上疏請抑損戚里恩澤以謝天下拜端明殿學士簽書樞密院事進封侯寶祐初參知政事進濠梁郡公每奏帝輒稱善拜右丞相兼樞密使以極言丁大全邪佞爲大全所劾策免景定初進封吉國又進許國三年五月二十八日既夕天大雨烈風雷電槐起衣冠而坐麾婦人出爲諸生說兌謙二卦遂卒贈太子少師謚文淸宋史本傳

帥寶字仲珍濠州人咸淳中授鹽官丞以淸廉著擢昌化令勸

農課士聽訟咸得其情後卒於官留葬焉浙江通志

王萬字處一家世婺州父遊淮間萬因生長濠州少忠伉有大志究心當世務尤精於邊防要害登嘉定十六年進士第累官通判鎮江府時金初滅當路多知其人豪也資問者旁午鄭清之初謀乘虛取河洛萬謂當急爲自治之規已而元兵壓境三邊震動理宗下罪己詔吳泳起草又以咨萬萬謂兵固失矣言之甚恐亦不可令邊民生意如髮宜以振厲奮發興感人心爲條具沿邊事宜三年授樞密院編修官嘉熙六年兼權屯田郎差知台州至郡日惟蔬飯終日坐聽事事至立斷吏無所售上下肅然郡以大治後遷屯田員外郎尋兼崇政殿說書擢監察

御史嵩之入相萬論之遷太常少卿致仕卒嵩之罷相衆方交論其非上思萬先見親賜御札謂萬立朝蹇諤古之遺直爲郡廉平古之遺愛聞其母老家貧朕甚念之賜新會五千貫田五百畝以贍其家遺文有時習編及奏劄論天下事者凡十卷宋史本傳

金王庭直壽春人皇統中爲夏縣令文學政事蔚有可觀山西通志

元孟祺字德卿宿州符離人幼敏悟善騎射辟掌書記以薦爲國史院編修官一時典冊多出其手巴延伐宋授祺爲行省諮議諸將爭趨臨安巴延問計祺曰若以兵相迫宋必走閩一旦盜起三百年之積焚蕩無遺矣自請爲使徼降表至宋取宋國

璽十二枚出巴延奏其功累官浙東按察使元史本傳
張郁靈璧人父禮宋紹熙庚戌進士雖居顯宦讀書不輟郁登至元丁亥進士歷官三十餘年一毫不敢苟取仕至參知政事接人以謙私居必冠帶江南通志靈璧縣志
呂師聖安豐人元貞間爲常州路總管時郡學久廢師聖經營改建規模一新南畿志
劉湛字清甫宿州人任廣平路總管時稱賢守子勃官翰林院都事名聞於時宿州志
王國英定遠人初爲文學掾延祐末擢濠州儒學正博學善敎時譽歸之皇慶元年定遠重建文廟國英爲記定遠縣志

趙德昌定遠人爲中書省右司郎中廉介有聲子學以戰功任易州同知有政績父子俱重於時定遠縣志
李允明定遠人少負才氣有志世務仕爲兵農使司都事嘗上書政府所言皆切中時弊在官亦以淸謹稱定遠縣志
明李善長字百室定遠人少讀書有智計太祖略地滁陽善長迎謁留掌書記從下滁州爲參謀預機畫主饋餉甚見親信太祖軍和陽自將擊雞籠山寨少留兵佐善長居守元將謀知來襲設伏敗之太祖以爲能既得巢湖水師力贊渡江江南行省建以爲參議軍機進退賞罰章程多決於善長太祖爲吳王拜右相國命居守將吏帖服居民安堵轉調兵餉無乏嘗請榷兩

淮鹽立茶法制錢法開鉄冶定漁稅國用益饒而民不困吳元年封宣國公改官制尚左以爲左相國與中丞劉基等裁定律令太祖即帝位帥禮官定郊社宗廟禮奏定六部官制議官民喪服定嶽瀆神祇封號封建諸王一切禮議事無巨細皆謀議行之洪武三年大封功臣授太師中書左丞相封韓國公位第一制詞比之蕭何上與陶凱論齋戒當致誠因謂善長曰人之一心極難檢點心爲身之主若一事不合理則百事皆廢所以常自檢心凡事必求至當今每遇齋戒必思整齊心志對越神明四年以疾致仕七年上移江南民十四萬詣濠給與牛種使之開墾荒田永爲已業命善長總其事會胡維庸謀反善長弟存義之子惟庸從女婿也坐與交通辭連善長會有言星變其占當移大臣遂坐誅善長死之明年虞部郎中王國用上言善長生封公死封王男尚公主親戚拜官人臣之分極矣使佐惟庸成不過勳臣第一爾復有加於今日若謂天象星變大臣當災殺之以應天象則尤不可臣恐天下聞之謂功如善長且如此四方因之解體矣太祖得書亦不罪國用明王禕遺拜賢表錄　明史本傳

徐達字天德濠人少有大志太祖爲郭子興部帥達往從之一見語合從取和州授鎮撫子興執孫德崖德崖軍亦執太祖達挺身往請代太祖得歸從渡江破采石取太平下集慶與常遇春皆爲軍鋒冠及在池州與遇春敗陳友諒軍於九華山下生

擒三千人遇春欲盡殺之達不可而遇春以夜阬其人過半太祖不懌於是始命達詔諭諸將太祖稱吳王以達爲左相國拜大將軍以遇春爲副將征吳平江將破令將士曰掠民財者死毀民居者死離營二十里者死既入吳人安堵如故還封信國公尋拜征虜大將軍與副將遇春北取中原洪武元年太祖即帝位以達爲右丞相師克通州元主北遯遂入都不戮一人封府庫籍圖書寶物以兵守宮殿門使宦者護視諸宮人妃主禁士卒毋得侵暴吏民安居市不易肆遂移兵平山西常遇春卒復以李文忠爲副將軍從達分道出兵達出西道破府庫文忠出東道克應昌獲元嫡孫妃主將相露布聞詔班師大封功臣

授達太傅中書右丞相改封魏國公達每出師還歸上將印賜休沐宴見歡飲有布衣兄弟稱而達愈恭慎帝嘗從容言徐兄功大未有安居可賜以舊邸舊邸者太祖爲吳王時所居也達固辭一日帝與達之邸強飲之醉而蒙之被舁臥正寢達醒驚趨下階俯伏稱死罪帝覘之大悅乃命有司即舊邸前治甲第表其坊曰大功胡惟庸欲結好於達達不答賂閽者使圖達閽發之達亦不問惟時時爲帝言胡惟庸不任相後果敗帝益重達十八年二月卒年五十四追封中山王謚武甯配享太廟肖像功臣廟位皆第一達言簡慮精在軍令出不二諸將奉持凜凜而帝前恭謹如不能言善拊循與下同甘苦士無不感恩效

死以故所向克捷所平大都二省會三郡邑百數閭井晏然民不苦兵歸朝之日單車就舍延禮儒生談議終日雍雍如也太祖謂受命而出成功而旋不矜不伐婦女無所愛財寶無所取中正無疵昭明乎日月大將軍一人而已疾亟太祖幸其第至榻前問之達占二句曰聞說君王鑾駕來一花未謝百花開蓋諷待用英賢之衆戀主之思乎執太祖手不放太祖曰卿欲朕緊掌山河達就榻上叩頭而終明史本傳　明王文祿龍興慈記　按明吳郡徐禎卿翦勝野聞云徐魏國公達病疽疾篤帝數往視之大集醫徒治療且久病少差帝忽賜膳魏公對使者流涕而食之密令醫人逃去未久幾告薨亟報帝帝蹉跣檐紙錢道哭至第命收斬醫徒夫人大哭出拜帝慰之曰嫂勿爲後慮有朕存焉因爲周其後事而去此與龍興慈記異存疑

郭景祥濠人從渡江典文書佐謀議性諒直博洽經史丙申置行省於金陵太祖自總省事以爲左司郎中遇事敢言太祖親信之嘗曰景祥文吏而有折衝禦侮才可大任也滁州太平溧陽城郭不完輒命董治之和州守臣言州城久廢命景祥相度即故址城之九旬而工畢太祖以爲能授和州總制益治城隍樓櫓廣屯田練士卒威望肅然和遂爲重鎮仕終浙江行省參政明沈士謙明良錄略　明史本傳

王濂字習古定遠人李善長婦兄也太祖克集慶渡江來歸除執法官讞獄平允出爲浙江按察僉事治行著聞大風晝晦濂應詔言民瘼請緩征太祖納之洪武三年卒上謂善長曰濂有

王佐才今死朕失一臂矣明史郭景祥傳

毛騏字國祥定遠人太祖自濠趨定遠騏出降太祖喜留與飲食籌兵事悉當意從渡江擢行省郎中文書機密皆與李善長協贊尋授參議委以心膂俄病卒太祖親爲文祭之子驤以功官都督僉事嘗掌錦衣衛事典詔獄明史郭景祥傳

單安仁字德夫濠人元末授樞密判官從鎮南王博囉布哈守揚州鎮南王爲槍軍所逐安仁無所屬率衆來歸太祖悅即命將其軍守鎮江移守常州遷浙江按察副使時悍帥橫斂名曰寨糧安仁置於法金華民有訟其邑丞受白金者安仁請之曰頗聞爾丞賢爾細民奈何訐之即圖其金短長圓方形來民圖

上藏屏復命諸左證圖之人各不同安仁曰是非誣耶衆環目相顧無一語遂以其罪抵訟者告訐之風爲衰洪武元年擢工部尚書仍領將作事諸所營造大小中程甚稱帝意改兵部尚書請老歸家居奏請濬儀南壖以便輸輓疏轉運河江都深港以防淤淺移瓜州倉廒置揚子橋西免大江風潮之患帝善其言卒年八十五明王凝齋掾曹名臣錄 明史本傳

楊楨字邦祥定遠人以儒士爲庫官時天下初定刑獄未平楨上疏極言衆皆危之翌日上御便殿召授福建都轉鹽運使下車率令計口食鹽官不勞而民易辦私鬻用稀三年得代入京民泣送之定遠縣志

楊大德定遠人洪武初爲婺源丞署縣事正己以化民民庭清如水十年太祖擢知汀州府政清令行豪猾不禁而治卒於官定遠縣志

張德林濠人以元帥守揚州時兵火之餘城中居民僅十餘家德林招集流亡戶口日繁威肅惠懷軍民輯睦江南通志

湯友恭懷遠人洪武十七年任都察院右都御史二十一年免明史七卿表懷遠縣志 按縣志云友恭以人才應薦意其材必有過人者今湯氏俱非其後致生平行事無考甚可惜也

王克恭濠人尚太祖女福成公主洪武二年爲福建行省參政諭之曰民病未蘇汝往綏之毋恃親故朕不汝縱克恭至撫循凋弊命指揮李惠爲福州築城先造一城於城北跨越王山今

名樣樓安徽通志福建通志

按安徽通志作王恭誤今據明史福成公主傳作王克恭

唐元字元亨臨淮人知無爲州招徠流散安集有方以課最擢太僕寺卿無爲州志

嚴祀鳳陽人洪武初除知武功縣臨事簡愛民誠官署學校與壇壝祠廟皆所剏修値草昧更革之際而能如此則可以知其志矣武功縣志

楊冀安靈璧人洪武初歷官工部侍郎奉使雲南有異績卒官賜祭葬江南通志

莊敬靈璧人洪武中歷官山西布政司參政轉河南臨事明決

子弟不衣羅綺宅以茅蓋升布政司致仕(臨晉縣志)

尹璉安豐人洪武初任興縣政清訟簡賦役均平升知遼州民思其惠立善政碑役還平陽府同知(一統志山西名宦)

胡維賢定遠人洪武五年以平陽府同知升太原知府清謹端正剔蠹撥弊解紛決壅談笑處之又刱修府治(山西通志)(安徽通志)

梁瑀字與玉濠人洪武中知永嘉縣承元弊政民田多匿賦軍需且殷饋餉不給時自浙西海運以足之旣而命覈田瑀乃履畝占數編號畫圖以正經界由是歲額有加軍供亦裕而海運乃罷(浙江通志)(安徽通志)

戴忠濠人洪武初以羽林衛指揮使奉命往兩浙聽訟訪察官

吏問民疾苦時紹興三衢金華秋旱農事不登有司阻民告灾忠以疏聞民皆德之終都督僉事(浙江通志)

魏必興濠人洪武初知耀州凡州治學舍與里甲徭賦驛傳諸務皆必興所刱定(一統志陝西名宦)

吳立宿州人洪武初以大都督府僉事招撫遼東遷蓋州衛指揮僉事再破納哈出有軍功守蓋二十餘年治城郭練兵甲課農興學勤勞夙夜兵食饒足政事修舉人多頌之(一統志直隸名宦)

劉璧鳳陽人洪武初任曲靖衛指揮築城建署廣開屯田措置皆有條理(雲南通志)

吳原庸濠人洪武初知壽陽縣招集流散教之耕作設縣署廢

涇祠立學宮事多修舉一統志山西名宦

徐亘弼字子中懷遠人洪武初知貴溪縣承平未久百姓離散亘弼撫綏休息民漸復業時賦多襍科乃具申民瘼不從輒至府涕泣言之遂得告免民賴以安江南通志

張鵬舉濠人洪武初知浦城縣留心學校建大成殿立城隍廟及山川社稷壇稱循吏最福建通志

黃彥正濠人洪武初知醴陵縣時方開剏修舉廢墜綜理合宜招撫流移冣於列邑湖南通志

韋衛濠人洪武初知安仁縣建縣治修學校置驛站規模煥然湖南通志

莫已知鳳陽人洪武初知吉安府時天下甫定郡縣規制率苟簡未備已知加意振刷興仆立踣煥然改觀持已廉重待民慈惠民甚安之江西通志安徽通志

曹鳳臨淮人洪武時爲廣甯中屯衛指揮同知築城濬池創造衛治撫恤士卒官至都指揮同知一統志直隸名宦

朱璣濠人洪武初知酃縣設科條謹區畫期年百廢具舉湖南通志

詹彥忠臨淮人洪武中以參軍鎮守辰州剏立衛所增浚城池軍政嚴肅民賴以安一統志湖南名宦

朱浚靈璧人洪武中知善化縣勸農修學善治獄訟鄰邑有冤者咸訢於庭擢工部員外郎出爲江西僉事執法不撓爲時所

稱湖南通志靈璧縣志

狄崇濠人洪武中爲濟甯左衛指揮使築城濬池剏設公署善政居多山東通志

陳德鳳陽人洪武中官沁水丞修治城垣公廳廟學壇壝舖舍其功甚多山西通志

吳建忠定遠人洪武中知望江縣開剏之初亭署祠廟多所剏建卒於官留葬望江子孫家焉安慶府志

馬世熊臨淮人累官至營田使卒於官太祖親爲文祭之明史后妃傳江南通志

郁新字敦本臨淮人洪武中以才能徵授戶部度支主事遷郎

中擢本部右侍郎嘗問天下戶口田賦地理險易應答無遺帝稱其才進尚書定親王郡王以下歲祿又以邊餉不足定召商開中法令商輸粟塞下按引支鹽邊儲以充建文時引疾歸成祖卽位召掌戶部事河南蝗有司不以聞新劾治之理邦賦十三年長於綜理密而不繁卒賜祭葬明史本傳明夏川王褘造邦賢勳錄

尹綬字廷章定遠人任御史舉刺無所顧忌永樂初使海外歸歷數萬里山川島嶼悉繪圖以獻江南通志

羅昭壽州人字景南洪武癸酉舉人官右春坊司諫侍皇孫讀書以理學爲教非讜言正論不發於口壽州志

張貫靈璧人洪武中歷官至北平參議永樂改北平爲順天府

貫首爲府尹爲政嚴明不阿權勢卒於官江南通志

徐士誠定遠人洪武元年知江南興化縣集流亡闢田畝建官署刱始之功規制畢善興化縣志揚州府志

賈彥良定遠人洪武二年知揚州儀徵縣招撫流民復業建學校刱署解庶務修舉廉明有聲儀徵縣志揚州府志

楊吉字天祐先世宏農元末徙壽春縣明初爲壽州人登洪武乙丑進士任大理寺評事不陵不詭歷山東左布政使效忠盡職沒祀鄉賢壽州志

周銓懷遠人洪武庚辰進士授工科給事中進通政司左通政都察院副都御史賦性剛正持法秉憲人不敢干以私舊府志

蔣忠懷遠人父原永平衛百戶忠襲職升永清千戶以從靖難功升江西都司都指揮同知先是守將多貪墨縱士卒爲盜民久苦之忠至申明軍律取其無賴者繩之以法由是民賴以安永樂十一年卒於官江西通志

趙識字邦翰宿州人官金華推官發奸如神江西通志

陳璇字在璣定遠人永樂辛丑進士授御史巡按浙江廣西所至肅然歷浙江按察使寬不縱猛不殘浙人懷德或謂少擊捕風璇曰法貴禁人不犯至不從禁而犯法余亦何嘗少貸邪後赴闕軍民數千人挽留馬不能前璇爲駐一宿取閒道去浙江通志

楊連字廷器定遠人永樂中官戶部主事督糧徐州夙夜勤事

便於官民而國計以裕升本部郎中正統七年卒定遠縣志

李默字思道定遠人永樂中以舉人上書言事朝廷奇其才擢漢王府長史王有異志默苦諫王怒禁錮之事敗默向繫獄特釋還鄉里明史高煦傳江西通志

李達定遠人字仲上祖子皋調太祖於塔山累以戰功至大河衛軍正千戶父勝官都督僉事鎮遼東達襲祖職永樂初以都指揮僉事鎮洮州歷四十年爲番漢所畏進都督僉事正統中致仕一統志甘肅名宦定遠縣志

陳原定遠人永樂中爲都勻衛指揮有才畧善謀能斷正統時苗寇圍城原罄產給軍城賴以全一統志貴州名宦

周常字茂永定遠人永樂壬辰進士初授北京道監察御史出鎮邊關巡朔冀尋按山西所在振綱紀嚴勸懲爲時所敬憚十九年裁革北京道調貴州道升福建按察僉事宣德五年除河南道常以豫民近偪不可爲煩擾滋他弊惟革其太甚者而已時尚操切識者韙之定遠縣志

許亨字士通字遠人以父蔭爲指揮使僉事進都指揮鎮浙江海寇竊發守屯堡時訓練寇遂屏迹歲調兵運漕給京師分番更代勞逸均而餽餉及期拜左軍都督僉事卒於官浙江通志

徐源字士淵定遠人官吏部司務著能聲擢知嵊縣歲饑且屬役築錢塘隄源以民不能自存之狀力爭得免發廩以賑又勸

貧富人以助之躬巡賓給以勞成疾卒官定遠縣志

年富字大有懷遠人本姓嚴訛爲年以會試副榜授德平訓導年甫弱冠嚴重如老儒宣德三年課最擢吏科給事中糾正違失務持大體兼掌刑科都御史顧佐等失入死罪十七人富劾之又奏遣僧道未度者復業遷陝西左參政疏罷歲織綾絹氈毼駝毼共千餘匹又會計歲時以籌軍餉請減冗卒汰駑馬三邊士馬供億浩繁豪猾因緣爲奸富量遠近定徵科出入愼鉤考宿弊以革民困大蘇遷河南布政使歲饑流民二十餘萬剽掠富輯之皆定土木敗後邊境道阻部檄富轉餉無後期者景泰二年以右副都御史巡撫大同提督軍務以奏石亨等侵餉

劾張懋鄭宏等役軍耕田爲宵小所憾天順元年革巡撫官富遂罷爲石彪所誣逮下詔獄賴李賢言之而免復爲兵部右侍郎改戶部巡撫山東召爲戶部尙書部事大理病疽卒謚恭定明史本傳

謝獅字養谷鳳臺諸生官遼州同知有惠政遼人立祠祀之鳳臺縣志

楊慶長壽州人正統間知通城縣九載奏績民德而留之請於朝復任九年秩滿又請凡二十三年湖北通志

王智字景明壽州人正統中以舉人知靈邱縣均賦平政敎化大行及去父老遮道請留後任平涼通判乞休歸壽州志

周讓字克恭定遠舉人官沙河訓導爲人誠恕善引掖後進宏治中詔祀鄉賢子才鼎知於潛縣亦有聲定遠縣志

楊鏞懷遠人正統丙辰進士授戶部主事歷官浙江右參政行己居官始終清謹祀鄉賢懷遠縣志

戴昂字時舉宿州人正統戊辰進士授御史以言事謫相口驛丞遷知濰縣在任九載守法奉公民不忍欺江南通志

徐士達定遠人正統中舉人知嵊縣時値旱蝗請得米八百石以賑已而洊饑憂惶成疾卒浙江通志

樂濬定遠人正統中官九谿衛指揮使威惠兼至修城創署整飭關梁令行邊徼湖北通志

黃璲字仲玉定遠人性孝友母疾嘗糞得遺金市米中還之景泰中以舉人官昌邑訓導分科設教先行後文士風丕變遷上猶教諭嶺海閒士習尤陋璲親訓之人才勃然定遠縣志

張億字公錫靈璧人景泰甲戌進士授御史以事謫知永甯縣有惠政以艱歸起補餘姚邑有水怪虎患億爲文祭之遂息升杭州知府歲饑設法賑濟全活六萬戶晉湖廣參政未行卒杭人祠祀之浙江通志江南通志

宋誠定遠人晟曾孫天順中佩征西將軍印鎭甘肅邊備修飭西陲晏然一統志甘肅名宦

楊完字德全定遠人天順丁丑進士官翰林檢討以德性醇粹

文章典雅選侍德王講讀誠心輔導時論賢之 定遠縣志

湯鼐字用之壽州人成化乙未進士授行人擢御史孝宗即位鼐首劾萬安罔上誤國又言少傅劉吉奸貪尚書王恕以盛暑請輟講筵極言不可語侵恕時言路大開士欲以功名見頗傷激訐而鼐意氣尤銳吉不能堪嗾御史劾之欲置之死賴河喬新王恕彭韶持之得謫肅州謝遷柄政始釋歸 明史本傳

蔡震字孟陽定遠人尚英宗女淸安長公主授駙馬都尉嗜學博文敬賢禮士奉使外藩及居官尤以廉介稱於時卒贈太保謚康僖 定遠縣志

王昶靈璧人成化丙戌進士知樂安縣令燬淫祠適有火災民不敢毀昶自焠其妖像火患亦息歲凶以便宜發粟賑濟全活甚多擢御史疏劾李孜省改太僕寺少卿 江南通志

王璠字伯玉定遠人由貢知邛縣時邊境荒疫璠務施德惠民知樂業致仕歸以俸餘分給族戚諸貧乏之者 定遠縣志

劉福字宗慶臨淮舉人任兗州府管泉同知河決張秋奉檄築河口石隄卒於官祠祀安平鎮 江南通志

朱詮鳳陽人成化中知渠縣廉能公恕賦稅訟獄允服民心役有除寇功詔賜旌異 四川通志

顧佐字良弼臨淮人成化己丑進士授刑部主事歷郎中擢錦衣指揮牛循中官顧熊牛欽罪無所撓出爲河間知府宏治中

擢右僉都御史巡撫山西入爲左副都御史勘罷總兵李杲太監任良巡撫張玉歷戶部侍郎出理陝西軍食善區畫儲蓄餘三年正德改元代韓文爲尚書部有逸冊劉瑾欲以爲文罪偪佐上其事不可坐事奪俸乃乞歸瑾憾不置罰米千餘石輸海上卒贈太子太保 明史韓文傳

王嶽字希甫靈壁人成化辛丑進士知平陽縣以明人倫正風俗爲首務建義倉廣儲蓄六年之間奸豪屏息以治行徵 浙江通志

王選鳳臺人官山東鹽運副使立法簡便商民賴之子傳以軍功知青州府居官清廉講求吏治[illegible]人爲立生祠後祀山東名宦祠 青州府志 鳳臺縣志

莊俊鳳陽人以貢授南陽推官躬校簿書手書理刑箴於座右以自警凡所推鞫號無冤民以疾歸足跡不入公府 鳳陽縣志

張袞鳳陽人成化丁未進士知蒲江縣政績藉甚時流賊猖獗以才望調固安守禦備至孤城得全俗以婚嫁論財多失時不能成禮袞權豐約著爲令會入覲劉瑾陰令賄二千金可得科道袞不從還瑾怒矯旨逮捕士民欲斂金求免袞恥用賄且不欲擾民遂飲藥死民爲立祠 鳳陽縣志

周鉞字仲威宿州人宏治己未進士知永興縣報政劉瑾招之見曰吾力能授爾御史鉞不往遂改進賢教諭尋授公安知縣稱疾不起 江南通志

余翺字大振定遠人正德辛未進士知歷城縣嘉靖初爲御史劾司禮太監張佐蒙蔽罪爭以議大禮繫詔獄廷杖戍邊隆慶初贈光祿寺少卿一統志

姚鳳懷遠人正德間進士官戶部郎中持身正行動法古人奉差督甘肅永平山海薊州等處糧餉建議請發豹房餘銀助邊役引疾歸所居依然草廬其清約如此祀鄉賢懷遠縣志

劉信鳳陽人成化中知乳源政簡刑清性最孝母卒一慟而絕無子士民葬之城東一統志廣東名宦

高越鳳陽舉人署福山教諭値流賊猖獗知縣棄城走越首倡忠義嬰城死守賊遯去超拜監察御史清軍湖廣革親藩之僭

巡按遼左明功罪嚴賞罰積弛一振出知泉州府致仕歸一統志

劉昺字晉初鳳陽人嘉靖己丑進士知山陰縣案無留牘瀕海漲沙千頃民因爲田歲有獲而無徵昺履畝而以無抵糧稅量均於內民甚便之遷刑部主事歷知山東分巡濟甯道泰安州牧贓爲民所發或欲爲之地昺不可竟落職以疾卒官浙江通志鳳陽縣志

許夔字舜卿懷遠人祖本忠父連以孝行顯夔由選貢授德州州判州民周立本爲糧棍提撥狡猾百端民戶交納或盈十之七而不滿其額夔廉得其情言於大吏道周於法民呼神君尋升河南禹州知州歲大旱詳報災狀頻經駁飭夔曰吾以微官

當代請命耳即詣藩署陳狀曰朝廷用司牧爲民也大吏不知民司牧不知民可乎藩意亦解遂得請後代王府審理多所平反楊時秀所撰墓誌

宋治字時雍臨淮人嘉靖辛丑進士授開封推官擢御史出爲台州知府平倭有功調嘉興復有功升貴州副使歷南太僕寺丞山東僉事貴州參議清操勁節所至有聲鳳陽縣志

李心學字師顏臨淮人嘉靖丁未進士授戶部主事歷員外郎出知衛輝府擢湖廣兵備副使剿平溆浦龍潭洞猺賊沈亞當等並撫順糯塘二十八寨惡苗龍老糯等及蕩平容山景峒乂叛寇韓甸等轉雲南參政歷升湖廣右布政調貴州左布政復剿平新添衛小平代長官司賁蓬寨叛蠻莫繼恩等璽書褒美弟志學以舉人任直隸新安知縣調新城銳意興革力抗中貴民保留久任加祁州知州升刑部員外郎民立去思碑江南通志鳳陽縣志

張育才字養元壽州人嘉靖二十年以選貢爲黃巖丞廉介自持公餘即荷鋤藝蔬以自給升句容令卒於官浙江通志

李純樸定遠人嘉靖間以御史謫知監利縣甃甎城建大觀書院一統志湖北名宦

梁子琦字汝珍壽州人嘉靖乙丑進士知諸暨縣愛士恤民興廢舉墜捐俸造橋民曰梁公橋升通政司參議時禮部尚書徐

學謨以張居正卒急締姻於申時行以自固子琦劾之奪俸元標復劾之學謨遂罷明史鄒元標傳江南通志

陳世輔字汝鄰定遠人嘉靖進士除南昌知縣溫厚慈祥視民如子嘗有兄弟爭財者世輔且諭且泣兄弟二人竟以田相讓庭無滯案治爲先後南昌之最江西通志

劉繼文靈璧人嘉靖壬戌進士知萬安縣以廉惠著擢禮部主事遷工科給事出爲浙江參政有妖僧惑衆立除其奸考滿與海瑞並稱書天下清官第二歷任福建江西四川布政巡撫廣西總制兩廣晉戶部侍郎卒於家一統志

楊時秀字叔茂懷遠人父賓歲貢祀鄉賢時秀嘉靖乙未進士知海甯縣調歸安杜詭寄以均賦興學校以育才擢戶部主事權稅淮安禁剔宿弊歷郎中升山東僉事分巡東兖平女妖紅羅之亂以艱歸遂不起懷遠縣志孫秉陽所作墓表

張體乾字從易宿州人嘉靖甲午舉人知上饒縣曹縣滎陽縣濱州事所至政績茂著士民歌思不忘陞戶部員外郎遷彝甸府知府宿州志

沈舉字用之定遠人爲莆田丞仁廉剛正以禦漳寇盡瘁殉國卒於砦貧不能斂當道賻以歸殯莆人爲請祀名宦定遠縣志

楊嘉猷字元忠懷遠舉人官冀州守剔奸宄釐馬政稅璫橫甚廉得其黨之最黠者笞逐之捐公費羨帑以抵稅日無累窮民

也杖殺盜魁萬某餘黨迸散旱蝗害歲首請蠲賑全活無算遷延安清軍同知署定邊篆築長堰禦水患復攝靖邊篆條上邊事六創建龍州城升長蘆鹽運副使遷鎮遠府致仕何如寵所作墓志馮從吾少墟集懷遠縣志

葉欽字用明定遠人通判處州諭散礦徒永絕處患調鄖陽白平民江滸等冤屬邑多寇捕逮五百餘人鞫可原者全活大半升鄭府審理以老歸定遠縣志

孫秉陽字孟旭懷遠人隆慶辛未進士官至廣東副使爲諸生時即究心經世之務强仕登朝多所建樹老而嗜古問字門下者戶外屨滿舊府志

蔣應芝字玉齊宿州人萬歷己丑進士授行人轉刑部郎中十年秋署清白自矢時有當路子犯科以萬金祈宥力拒之歸里後習知扛夫爲宿衛巨累力請於撫按得解州人至今尸祝之懷遠縣志

薛希艮懷遠人由貢生歷撫州杭州汝甯三府推官蒞事清直多所平反懷遠縣志

黄尚義懷遠歲貢考授海州知州多惠政歿之日家無餘財海州民如喪慈母焉懷遠縣志

楊應聘字行可時秀孫也萬歷癸未進士知烏程縣緩催征平冤滯興隄防淸浮田勸荒政倡教化不阿上官不假貴要治稱

尋擢兵部主事歷郎中升光祿少卿巡撫甯夏總制三邊至兵部左侍郎卒於官贈兵部尙書賜祭葬浙江通志

張宏代靈璧選貢知天台縣識度凝重操守清廉興利革弊嘗修邑志以循良擢戶部主事同縣李邑亦以選貢知天台歲饑多方振濟以亢直改教職歸浙江通志靈璧縣志

徐學益字賓虞宿州舉人知栢城縣力請上官除驛累永著爲令栢人有召父杜母之傳丁父憂服闋起知高苑縣舉邊才升臨洮府同知著名言拔萃集宿州志

張右銘宿州人官安甯鹽課提舉除正課外餘鹽盡投於井操持清潔卒於官至無以治喪成都楊升庵爲文誄之作新井行表右銘清潔宿州志

賴霖定遠人萬歷中知安仁縣銳意興革清丈田畝去浮糧八百石湖南通志

李繼東定遠人萬歷中爲武岡學正時進諸生講明正心誠意之學著學一圖說鐫石明倫堂湖南通志

田大年定遠人萬歷中知華容縣修學校浚城隍舉行義倉社倉法遇水旱力請蠲振湖南通志

夏之鳳字子鳴壽州人萬歷中以舉人知大庾縣改羅江涖民廉慎士庶懷之擢戶部郎有內豎白玉犯法潛避深宮鳳入奏敕玉出聽審上嘉其正直書名於屏江南通志

江阡字天奇懷遠歲貢任延津訓導升高密教諭賑貧卹貧出於至誠兩學皆祠祀之後爲廣信教授因事關學校據理力爭之爲權貴所忌歸（懷遠縣志）

吳謐字樂眞定遠人知通城政尚慈厚時閹寺借采礦名毁廬墓以詐巨家謐輒治之以法坐是奪官（定遠縣志）

周汝昌字文明懷遠舉人任台翊懷慶歸德三府推官擢戶部主事黜羣邪豁逋賦均水利以不肎建生祠忤魏璫戍肅州卒崇禎即位賜還原官（懷遠縣志）

劉繼吳字徵夢壽州人萬歷己未進士歷禮部郎中考滿爲天下清廉第一歸里日惟圖書數卷（壽州志）

劉繼魯字啟東壽州人以貢爲潛山教諭遷常州教授胸懷高寄傺然壁衣俸錢自杯酒論文外惟以給士之貧者大有古人風（安慶府志　壽州志）

盛民直字澹惺定遠歲貢知藍山縣斥冗蠹平市價通商賈明季苦重斂躬詣勸徵吏不擾而民力紓訟獄衰息遇旱步禱得霖三日不少輟藍山界邑人立碑紀異（定遠縣志）

戈尚友字善卿臨淮舉人知饒平縣地產斷腸草訟者藉以作姦尚友嚴禁之有犯科者令拔此草投沿海井中以贖罪後海寇至取水飲多死遂遁去擢刑部主事持法平允歷官昌平兵備副使（江浦通志）

袁會字大賓懷遠人以貢倅東昌治河有功遷泰安知州誅鋤强暴胥吏畏服有以黄金進者峻却之修岱嶽十八盤至今便焉懷遠縣志

周希賜字一勿懷遠舉人知甯昌縣催科不及格調福建布政司理問後補甯陽知縣涖任三月頌聲大作卒於官祀名宦懷遠縣志

何陛字望宸定遠人崇禎間選貢授江西南安府通判洊擢贛州知府擊猾吏清帑金理冤獄尋署南昌道歷有賢聲以權貴忌左遷藩府長史乞養歸宏光時授南昌道監左軍不就著有庭訓十義史辨濠上吟志草祀名宦鄉賢安徽通志

朱銘字自新壽州恩貢知南漳縣廉明多惠政士民肖像以祀壽州志

國朝劉允謙字六吉壽州人順治丁亥進士知沈邱縣英敏廉介以教養士民爲務縣河底有石壞舟募民鑿去商民立祠河畔擢山東巡按一統志河南名宦

鄧旭字元昭壽州人順治丁亥進士授翰林檢討辛卯典試江西得人偁盛會　詔舉品行清端才猷贍裕可任外吏者大臣以旭薦遂擢陝西洮岷兵備道按察司副使未幾引疾乞歸卜築清溪性至孝以父汝謙早歿痛祿不及養言及輒流涕又孜孜爲善凡賑荒修學贖難婦育棄嬰諸有益於地方者不

惜變雁爲之生平持正侃侃詆斥異端人見其和光同塵而實有壁立千仞之槪所著有林屋詩集九卷江南通志

歐陽明憲字章卿宿州拔貢順治中知詔安縣平環沙寇蔡四踞烏山流刼遠近明憲定計搜捕脫四繫男婦百餘人搗其穴葺學宮課諸生邑人銘德至今偁賢令者曰猶得見歐陽也一統志福建名宦志

丁珩字朗山宿州人父吉泰順治間武進士南雄參將有勳績珩歷官戶部郎中遷漢興道正己率屬一郡肅然歲饑借倉穀數千石賑之全活甚多及卒士民號泣如喪所親子廉生知光澤縣清白自矢禁私派聽斷如神江南通志宿州志

田家修字獻之鳳陽人順治中知從化縣時兵燹之後力爲撫綏安集流亡諭降盜賊十餘寨勸令開墾復爲良民清刑簡訟殘黎以安一統志廣東名宦

金用乾鳳臺舉人順治末知慶雲縣有循聲鳳臺縣志

隗輝鳳臺人順治間歲貢休甯縣教諭攝縣事除暴安民擢平涼縣知縣鳳臺縣志

沈時鳳陽人隨征入粵授永安知縣順治四年流賊攻城親冒矢石築子城造雲車以禦衝突閱三月援兵至圍解擢知潮州府歷儲糧驛傳道所至民懷其德一統志江南通志

楊模聖字揆一懷遠人順治己丑進士歷官滁州知府時土弁

縱橫模聖單騎招降剿寇安輯遺民去任士民泣送立去思碑於還珠嶺歸田後以詩文自娛著有還珠集江南通志 懷遠縣志

夏人佺字敬孚壽州人順治己丑進士知夏津縣擢御史有直聲歲饑請蠲賑疏積逋任鹽院清潔自矢乞休歸壽州志

謝開寵字晉侯鳳臺人順治間進士官四川宜賓知縣潔己愛民案無留牘親殁廬墓三年服除遂不仕鳳臺縣志

王惟秀字吉士宿州拔貢任清化通判升太原府偏關同知廉以持己誠以待人所至皆有政聲致仕歸甚貧朝夕惟訓子弟談經史而已宿州志

卜夢熊字徵我宿州貢生知新城縣廉平之聲洋溢江右宿州志

何國祥字紫雯定遠人陛之子以選貢官雲南易門知縣新羅兵火巷無居人國祥招集流亡漸復其舊時推官奉裁滇多疑獄悉委國祥多所平反以艱歸起補浙江歸安縣蠲除苛政與民休息廉獲賊首李成龍一方晏然入爲兵馬司正指揮致仕易門立有遺愛碑著有壯游草紀游編家世敘略祀名宦鄉賢祠舊府志 潁州輿頌

吳憬忠鳳陽歲貢由青縣教諭擢知任縣任有灃蔡諸河古大陸澤也自元郭守敬濬後寖失故道親履相度得其原委疏濬復舊民利賴之升連平知州以老乞休鳳陽縣志

劉馩字紫脫鳳陽人順治辛丑進士知定襄縣治獄明決訟者

衰息南中用兵供億紛沓隨方處置動合機宜擢知隴州隴經殘破居民鮮少招集流亡漸復舊業又請履畝定稅隴賦得減凡可除民害者必力爭之艱歸遂不起鳳陽縣志

孟淩雲字連青鳳陽選貢爲廬江教諭釐正文體課士有方勸修學宮捕蝗救荒佐縣行之皆以實心行實政卒於官鳳陽縣志

范明德壽州人康熙六年爲大名府通判制府幕士犯罪明德按治之其人走愬制府明德曰某守法吏敢以上官撓法耶卒於官貧不能斂士民傷之一統志直隸名宦

丁易字學田宿州人康熙乙未進士官江甯府江防同知三署府篆有賢聲入爲工部郎中轉廣東道在任七年一秉廉正以

憂歸粵民至今思之宿州志

方遂字綸貢壽州舉人知岳陽縣廉以律己慈以惠民建學修城歲饑請賑訪獲積盜捕虎息患邑民作歌頌之壽州志

丁育果字去暗宿州人以貢生知麻陽縣山寇盤踞聯保甲擒斥堠殲其魁羣盜斂跡委署鎮筸通判生苗出入爲民害單騎入其境詰責之皆懾服奉約束復本任麻有鬼大王祠男女信奉奸宄伏匿命毀其像投之河民大駭育果曰吾自當之不汝殃也又資修黌宮立義學廣學額四名士風丕振麻有船五千楧每楧歲納銀五錢悉革去以勤勞卒於官宿州志

華文振宿州人官黃州府蘄州陞湖南郴州綽有政聲子麟趾

官金華府通判廉平偁職宿州志

俞化鵬字扶九壽州人康熙辛未進士知甯海縣有惠政擢御史歷至順天府府尹鐵面冰心不避權貴坐是致仕歸壽州志

丁授書宿州貢生官直隸滄州知州廉貞自好竟致仕歸宿州志

秦士望宿州拔貢歷知政和彰化連城福安縣督撫嘉其賢特薦之升京都西城兵馬司卒於官宿州志

方一韓字殿西壽州人康熙己丑進士知峽江縣地多盜賊設法捕緝夜不閉戶在邑三年政簡刑清囹圄一空以病乞休士民號泣攀留壽州志

吳承勳宿州人歷官湖南永州府甘肅慶陽府廣東潮州府山東東昌府雲南姚安府楚雄府知府陞山東鹽運使所至政績懋著子振藻歷官戶部刑部員外郎郎中出爲陝西鳳翔府知府一生清愼自矢孫堯佐官至南雄府知府宿州志

淩森美字滄州定遠人康熙時以拔貢教習知廣西貴縣猺獞雜處素好剽竊爲創築土城小江口而環溝之民得無患調永淳興學校鋤奸暴夷戢民安升雲南霑益州知州卒貴永皆祀之名宦定遠縣志

郭明擢字艮輔定遠人以歲貢生官武緣知縣地近夷自前明來叛服無常明擢篤志撫綏革除敝耗謀其饑渴若家人民乃服七閱月大府檄明擢隨征城乃陷於賊明擢不得歸救憤懣

道卒〔定遠縣志〕

苗養民字頤生定遠人明少保袁之裔孫由貢任宿遷訓導嘗上書論河務切中利弊子潔字景雪貢生授太平訓導自出貲修學邑衆踴躍得復舊制工竣衆欲以餘貲葺其宅潔笑曰是吾以數百金市諸君爲美宅也猶有先人之敝廬在遂告歸〔定遠縣志〕

凌燽字約銘定遠人康熙癸巳舉人雍正間考授內閣中書累升至監察御史巡察直隸等處平反冤獄天津漏報水災親勘得賑擢江南按察使　恩賜御製詩章御名石硯貂皮等件有魑魅仙邪術惑衆案誅首惡免株連又有以報母

齋私刻印信愚惑鄉村捕罪其魁而諭散之以請養歸沿途感泣送者不絕〔定遠縣志〕

王遂字士瞿定遠人幼孤以孝母聞雍正初舉孝廉方正以知縣分發貴州題補貴筑適有苗變羽書旁午躬勞勸裁陋規民不知擾會母卒上憲以軍興不聽去援例奏請在任守制升永甯州乃抱疾奔馳煙瘴中會剿黃平餘慶等處賊巢安撫降脇流民以勞致疾升南籠知府軍事既竣請假歸[illegible]數月而卒〔定遠縣志〕

王業字稼田定遠人雍正初舉孝廉方正薦知雒南縣調中部多善政培植學校敦勸農桑中部之水爲創渠堰資灌漑以勞

致疾告歸（定遠縣志）

鮑成龍字鱗長臨淮鄉人雍正六年選貢分發四川署漢州知州革陋規五六千金首捐資修金雁橋邑人立石頌德題補緜竹創建書院調成都升緜州知州遷打箭爐同知值勦瞻對委署雅州知府督糧餉金川亂賊去爐僅十五里城中惟土兵六十人出庫藏旗幟布列城堞賊疑而引退以論軍務忤總督意籍産經略大學士傅恒廉得實獲昭雪補瀘甯同知調松江獲海盜五十餘人卒於官（鳳陽縣志）

謝均育字化純鳳臺人乾隆辛酉副榜爲青陽縣教諭歷二十年愛諸生如子弟教以先義後利年八十致仕（鳳臺縣志）

方時寶壽州監生考授州佐揀發黔省苗民不靖上書於經畧張廣泗陳十策多見施行奉委監運糧儲獲叛犯設屯堡強幹有爲授開泰知縣卒年八十一（壽州志）

凌奎發字歛齋定遠廩貢任眞定府經歷委查灤河桃流持檄出塞悉圖其經流及所受大小水曲折參之經傳各水利書辨正水經得失而爲之說還報僅七月其任成安時以水請賑不許固爭大吏知其誠許之既卸篆仍委之賑活人無算委署蠡壽縣喜曰此陸稼書甘棠之舊也至則詢所廢墜者盡復之尋以疾卒子和鎬字振黃爲亳州訓導大府知其廉勤屬辦賑務實惠及民幼時讀書過目成誦善書法爲人醇厚好施予而自

奉淡泊號其所居室曰啖芋齋示不忘貧困也汪瑟庵相國贈詩曰先生有文萬口誦先生有筆千鈞重品高不受五侯鯖道充豈屑千鍾俸老來薄宦未全貧苜蓿生涯足瓦盆登盤聊復借蔬筍餘味分甘到子孫其爲時賢推重如此（定遠縣志）

方焯字映南定遠歲貢授通判分發湖北歷署黃州鄖陽補襄陽皆以廉幹稱委署通城邑號難治推誠導諭數月而訟稀笑曰誰謂俗悍頑者縣距省五百里多山險糧運爲艱詳請納折民困得蘇以艱歸起補順慶通判攝理番府事時討西藏土番焯司站運公相福康安嘉其能使攝峨眉令事縣多鄉番常搆衅焯寬猛互濟夷輯民安又歷署油江合江等處恒派督餉時教匪滋蔓勸鄉勇拒守有備無患福將保奏以老疾辭歸卒年八十二（定遠縣志）

徐瑄靈璧拔貢乾隆二十一年任福建龍溪縣丞分駐華崶有意興文教方授簡延紳士議立義學值亢旱隨居民徒步禱雨福里潭往返烈日中竟以是得疾卒（福建通志）

方煒字燮和定遠人乾隆壬辰進士改庶常授編修嘗充四庫全書分校官書成　賜如意雜佩箋紙等件授左春坊左贊善轉中允歷司經局洗馬兼翰林院修撰戊申典試山西偁得士出爲浙江督糧道改江西調劑糧務五事呈請　詔可又署江南鹽巡道補河庫道睢工漫口奉委專辦收放事時

俾北門管鑰辛亥春督放徐州賑恤徐民愛戴至今頌聲不衰定遠縣志

宮兆麟字伯厚懷遠人由貢生授安陸府通判築沔陽州隄水患以息歷升興化知府署興東道興水利立學校建育嬰堂養濟院凡利民之事知無不爲升山東濟東道歷雲南布政使緬匪跳梁籌運糧餉往來接濟晋廣西巡撫調湖南又調貴州桐梓刁民聚衆滋事偕湖廣總督吴達善緝捕正法古州苗民香要不法復偕吴達善捕誅之條上善後五事皆如所請尋以事降甘肅按察使復以貴州任内事革職乾隆四十一年

上東巡兆麟迎 鑾賞給三品銜四十六年卒子綺岫官

餘慶知縣升南籠知府多善政嘗署姚州台拱皆新定苗地獞猓雜處訓之以義爲定婚葬禮漸化其俗台拱立生祠祀之懷遠縣志

宋汝壽字耆英懷遠人父元份官江西分宜建安縣丞有政聲汝壽爲廣東惠來縣葵潭司巡檢時有巡海將弁戕於賊上官飭惠來令協僚屬往捕令不敢往屬吏亦皆相顧色沮汝壽獨曰吾屬雖末秩食 朝廷祿得以死勤事幸也遂請行集海船十餘艘多張旗幟載火鎗行冒風濤數百里至老萬山望見賊船蟻聚從者皆恐汝壽曰既至此退則爲彼禽矣乃鳴鼓急進火鎗齊發賊驚退散令以聞于上官大奬之汝壽能詩其巡老

萬山也有山自雲中浮翠出海從天外送潮來之句爲宮保福康安所賞懷遠縣志

宮思晉字庶俟懷遠人由庶吉士散館知雲南太和縣旋升四川簡州知州所在以明决稱懷遠縣志

李東暇靈璧人乾隆乙卯中鄉榜由謄錄議敘選授伊陽知縣嘉慶間歲饑倡捐廉俸爲糜粥以食餓者全活無算歷署汝州調知河內縣丹沚二水入黃築隄捍衛四十餘里得免水害者八縣病免歸倡建文昌宮又修靈璧學廨采訪冊

王蘊渠字蓮峰靈璧人乾隆初官甘肅知縣丁憂復起權知浙江嘉善會稽桐鄉嵊縣舉卓異補授歸安升江蘇海防同知歷

官清慎著壯游詩草弟蘊葵字勁堂嘉慶中歷官貴州石阡府知府有治績以憂去士民立生祠祀之靈璧縣志

宮楷懷遠舉人官河南羅山臨潁偃師溫縣俱有政績著有文川文集懷遠縣志

方典字漢桓懷遠選貢授東安縣丞升霸州判廉幹勤慎見稱於時丞辦永定河務潔己奉公有能名河工之暇親督河夫耕種河邊隙地以屯田法教之遂多收穫以艱歸卒典性至孝先是母卒哀毀幾至滅性方苞嘗稱之爲完人懷遠縣志

李彩字雲章壽州人官化州知州粵俗匃婦每數十百人成羣塡塞街市民甚苦之彩以理曉諭俗爲之變歲荒悉心振救遷

廉州府同知卒於官百姓巷哭次子程蓮在籍聞赴繭足走五千里踰險冒瘴扶櫬南歸後以援例授縣丞歷官至海門同知鋤強暴理斥鹵雪冤沉計禽洋盜數十人擢天津知府署天津兵備道致仕歸（壽州志）

劉崧秀字鳳綸定遠舉人爲石埭訓導遷嘉定教諭用前任程瑶田遺法以教士士彌蒸蒸進於學捐俸倡葺書院增膏火縣有新涇河滬汐所至易淤歲必請帑濬不足增派民錢數千緡率爲常大府以屬崧秀崧秀辭不獲己以市値傭計鍤畚盡徒淤岸外數里逹五閲月而告竣並歸其羨餘大府曰此督工省資汝可受之不受不慮形人短乎崧秀終不肯受乃以資葺黄忠節祠置墓田數年以疾歸（定遠縣志）

陳樞定遠諸生乾隆中臨淮訓導奉檄辦賑全活甚衆二年中出納數萬金米穀萬餘石妻子藜藿不充泊如也嘗訓子弟曰人之一生惟期不負心而已忠孝節義皆從此三字得來講因果報應已落第二乘此儒家之理較佛家爲尤著實也卒年七十有六（定遠縣志）

凌泰交字謙齋奎發孫也嘉慶乙丑進士官直隸知縣升深州直隸州貴州鎮遠府貴州兵備道有政績卒祀鎮遠府名宦祠著有濉陽紀事謙齋詩鈔（定遠縣志）

方積字晨餘定遠選貢授州判署梁山令時教匪蹂躪梁山間

積能以少擊衆先勦妖賊王正文於萬縣寶蓮寺又屢敗賊於狐狸嘴荆竹園等處建堅壁清野之議賊無所掠多自解散累升至四川按察使偕豐提督紳往征馬邊諸叛夷鑿道度師深入險阻諸夷攝服晉布政使以疾卒官成都紳士立祠祀之又祀鄉賢定遠縣志

湯璐懷遠歲貢湯敬孫也初爲學使劉鏞所知後爲寶應訓導束修以外不名一錢嘉慶間懷邑頻大水上官令散振民沾實惠卒於官著有楷郵詩集懷遠縣志

薛傳仁字統四壽州人乾隆丁卯武舉官奇兵營千總所轄瀆大江風濤溺人傳仁捐俸設救生船自是無覆舟致死者累擢

漕標左營都司悉漕利弊嚴寒盛暑馳逐河干升右營遊擊歷署中營副將卒於官壽州志

桓楷字範亭懷遠舉人歷署羅山臨潁偃師溫縣皆有善政嘉慶十八年滑匪跳梁官兵雲集派運糧餉供給罔缺積勞成疾卒從兄樅以軍功議敘官獨山州同虛衷聽斷卒之日苗民流涕懷遠縣志

楊如蘭懷遠舉人分發山東棠邑淫雨匝月居民漂没奉檄勘查卽日具乾餱乘馬日行泥淖中水没馬腹兩足皆腫扶病按大小口給糧曰此以救旦夕水定再議賑邺也百姓扶老攜幼皆牽衣泣下壽張飢大吏謂如蘭可非君行不可顧何以善其

事對曰但無私耳旬月奏效補知臨邑以計盡擒諸盜鄰邑皆
安卒於官（鐵保所撰墓志）
楊新蘭字馥亭懷遠舉人知長山縣辦理周郵私銷案以賢能
調荷澤擒鹽梟升東平知州挑小清河水患以息署水利總
捕同知値教匪滋事采辦軍需不辭勞瘁調濮州兵燹之後招
撫流離設廠施粥以勞卒官同邑有舉人吳溶官湖南漵浦知
縣亦有政績調湘潭未赴卒（懷遠縣志）
郭世安字汝磐鳳臺舉人知靈邱縣年已七十矣所用胥役皆
擇椎魯人每謂事權當操之己役供使令而已何用智巧叢蠹
爲治官十年政靜以和民咸愛戴建太白書院以古法教學者

士蔚然興罷官卒於寓舍士民爲之立祠（鳳臺縣志）
孫克俊字繼三壽州廩生嘉慶戊午川楚軍興以助餉議敘授
刑部郎中句檢庶獄同官倚重奉 旨以知府用請假回
籍値蒙宿教匪滋事馳赴軍前協力勦捕事平議敘加級又遵
例加捐道員未選以事牽罣謫軍台效力卒於戍所（壽州志）
陳鍾芳字潤森定遠進士歷官吏部郎中咸豐中隨桂良等赴
淀津辦洋務又隨增慶辦奉天海防悉合機宜蒙 恩以
五品京堂候補差旋道卒（定遠縣志）
余鴻祖字秋湄壽州舉人官雲南浪穹知縣臨安高匪之案鞫
俘囚無所枉縱升署元江知州決諸苗讐殺積案威信甚著道

光中署趙州知州修隄濬渠水利甚溥卒官子士堺字菊農由
進士官浙江西安知縣勸民務農刊敎稼書備載糞田灌漑之
法洊擢嘉興知府籌賑水災倡辦米捐升江蘇常鎮道咸豐間
卒　贈太僕寺卿邮蔭如例家屬在杭州殉難壽州志采訪冊
何錫九字敘疇一字訪亭定遠舉人由大挑知縣改選江蘇崑
山教諭修學宮立灑掃會倡捐田二十頃爲書院經費勤于課
士搜訪孝義節烈彙請　旌表建文星閣濬文曲河道光
壬寅佐知縣練勇捍禦海氛豐遇水災分俸助賑邑人感之在
任七年卒官合祀於前明敎官堵應之祠道光三十年奉
旨入祀名官定遠縣志以子廷謙官　贈儒林郎翰林院編修

晉光祿大夫工部左侍郎加三級行狀
林鼎奎字默庵懷遠舉人官貴池訓導修學宮立義學道光甲
午捐俸賚粥救飢民著有聽雨軒詩集懷遠縣志
趙渙字文博宿州諸生援例爲藩經歷指發河南咸豐元年署
布政司經歷捐軍需錢一萬緡巡撫奏奬補知縣加知州銜四
年署尉氏縣除漕弊減契價曲體民隱會土匪王添佑作亂渙
募鄉勇千入山勦未一月禽添佑誅之奏署禹州以積勞成疾
未赴任卒于尉氏渙善書工詩著有修竹山房詩草宿州志
凌樹荃字湘圃定遠舉人官福建鳳山知縣剿擒盜黨數十八
又擒逆黨呂靑蓮升同知署彰化力疾任事卒於官定遠縣志

孫家醅字鴻卿壽州進士由內閣中書選四川石砫廳同知咸豐七年擊退石涪教匪擒范德信等七十餘人匪首馬錦明竄涪州追擒之以功擢知府守綏定解達縣民變攻滇匪於新甯復其城積勞卒官在石砫惠政尤多廳人請祀名宦 壽州志

張景賢字牧南宿州人軍功江蘇知縣以直隸州知州用加知府銜署桃源縣創築土城修學宮置祭器增書院膏火署邳州募勇緝捕姦宄遠迹重整書院如桃源時卒於軍營奉
旨加太僕寺卿銜廕子入監同治八年祀桃源名宦 宿州志

韓承宣字啟宇懷遠舉人官河南新蔡知縣咸豐十一年土匪陳大喜時瀧書先後圍犯縣城俱擊走之同治元年逆黨偕諗

宣揚方衡鉤結髮賊偪城而壘爲地道百計環攻城垂陷承宣隨方堵禦凡四十餘日力保危城以積勞嘔血卒初承宣在皖營以軍功
賞加同知銜侃勇巴圖魯及是照知府軍營立功例
贈太僕寺卿銜廕子知縣四年奏准在新蔡建立專祠 懷遠縣志

劉彥焯壽州增生父志本見孝友傳兄彥煒抗節死苗難彥焯髫齡失怙依母成立事祖父克承先志家貧苦讀敦品績學雅負時譽以辦團練功巡撫喬松年奏保藍翎五品銜教諭赴任全椒振拔寒畯署銅陵辦善後釐捐城工局清廉自矢引疾歸所著有椒陵詩集 壽州志

朱開泰壽州人同治二年督兵守常熟縣粤賊十餘萬來攻堅守七晝夜援至圍解殺賊無算積功保花翎知府分省補用同知以勞卒于軍　詔以知府例賜祭葬銀兩贈太僕寺卿銜祀淮軍昭忠祠蔭一子以知縣用子公純字一甫隨父立功保同知直隸州知州江蘇候補知縣光緒初代理桃源縣歷署阜甯甘泉有政聲十四年調赴臺灣代理彰化縣時亂民蔡鳳起事以計禽賊首數人置之法亂民遂散鹿港鎮民殷富有十數萬人負固不奉法大府欲勦辦公純立止之單騎往諭衆皆帖然事平回江蘇署沛縣大府保薦僃爲循吏箸有導淮論疏暢津沽議公純子正本癸巳順天舉人正榮候選鹽大使正元候選布政司理問采訪冊

淩光宇字照普懷遠人咸豐間土匪蜂聚光宇率練丁守城屢拒悍賊大臣袁甲三駐臨淮延攬英豪光宇與弟奭銘先後入營屬辦餉鹽苗沛霖將叛掠貨船鹽槓數十光宇獨詣苗陳說利害苗巧使人以小旗數十標識各槓合解纜去同差有侯某者與光宇謀將鹽變價而沒其貲以被掠報光宇不可願分督鹽槓曰屬我者我致之官屬爾者聽爾所爲侯許諾旣而恐光宇洩其事令人要於路將殺之以滅口有李世傑者知其謀以告光宇且護光宇行而身與之鬬於是追者敗遁鹽槓遂銜尾抵營光宇後流寓清江浦以業鹽自給陳提督國瑞嘗殺帳下

一人無敢諫者光宇片言解之又善醫活人甚多光緒二十一年卒年七十有八光宇以國學生由大臣袁甲三保奏賞五品銜戴花翎候選國子監典簿弟夔銘署理廣西布政使貤封資政大夫采訪冊

謝駿聲字適卿定遠人同治乙丑進士歷官山東昌邑惠民齊河恩縣知縣有政聲巡撫丁寶楨甚器之薦保知府采訪冊

柳坤厚字載盦鳳陽舉人同治初官陝西甯羌州關長皮元吉作奸將捕治因脅鄉民求免賦徭率衆圍城坤厚登城諭之衆稍散偵知元吉宿郡莊夜率壯役數十人出不意禽置於法餘釋不問亂以息調宜君值回匪大熾有土豪艾嘉銳與賊通坤厚偵嘉銳赴甘肅境掠糧數日未返乃募數百人直搗其巢一戰而平時各寨方奉糧嘉銳見其巢破乃來擊嘉銳禽斬之後調咸甯署乾州撫匪張總愚西竄關中回與合渡渭竄乾圍城十餘日坤厚嚴守備賊退上守涇陀賊議衛爾道輯流民裁陋規嘗乘騾車出巡以廉能偁前後巡撫劉蓉劉典薦保知府乞病歸光緒四年卒年七十有六采訪冊曹允源淮南雜著

何崧泰字駿生鳳陽人咸豐癸丑進士分發直隸署任邱曾忠親王調辦天津海口防務保同知直隸州補昌黎縣調玉田能防禦馬賊大學士祁雋藻出視師深賞之調清苑撫匪張總愚竄至守匝月而賊退保花翎以知府用擢知遵化直隸州捕治

致匪黨情轉然光緒初馬蘭鎮弁兵因餉變大府將調兵剿
撫檄崧泰再知此州崧泰曰可無用兵即乘騾馬從僕二人至
諭以禍福弁兵解散罪其主謀者一人而已保全甚用道二品
頂戴卒於官著有遼西政紀北平政略采訪冊

林之望字伯穎懷遠人父士佑見文苑傳之望亦善詩文道光
甲辰江南鄉試解首丁未翰林由御史授甘肅鞏秦階道髮撚
猖獗時奏請曾國藩督辦四省軍務其在甘肅勸撫左川等謂
督兵大臣曰辦賊不可太急令無分良莠獲即正法使回匪無
自新之路百姓懷不測之疑是剿之實以錮之非策也不如寬
爲招徠使自相解體庶歸誠有日耳以剿滅僞敵王功升按察

使督辦甘肅軍務進布政使督師楊載福東征標兵內變撫之
望坐鎮捕斬倡亂十數人而事定將軍穆圖善奏其功留辦銘
軍征西軍務總理後路糧餉越二年調湖北布政使以老病乞
休卒年七十有二采訪冊

方上華字棣生鳳台人隨巡撫英翰轉戰數省蕩平撚逆積功
保兵備道布政使銜法人啟釁兩廣總督張之洞調辦營務並
總統馬步六十餘營出鎮南關又調赴瓊州駐防委署台江道
以積勞病卒　賜卹如例鳳臺縣志

孫渥字宜生懷遠人咸同間先後從防軍於陝西廣東有功光
緒十二年至台灣辦軍務法酋據澎湖渥勸吳總兵奮力進取

復襄勦叛番獲勝贊畫之力居多巡撫劉銘傳深倚之以勞卒于軍奉　旨從優議邺祀台澎昭忠祠冊采訪

楊乃濟字亦舟懷遠人同治間回匪亂從鞏秦階道辦防務由監生保知縣加花翎同知銜以勞卒於防所冊采訪

楊榮生字竹銘懷遠舉人大挑一等授山東定陶知縣咸豐初粵匪北竄盜賊蜂起戒守備修政治危城以安在任二年卒采訪冊

楊立本字孟端懷遠附生性誠篤敢任事光緒十年劉銘傳奉巡撫台灣之　命立本往從之委辦餉務征生番解餉往來歷備險阻番降以功保縣丞嗣因軍糧不足奉委乘萬年青兵輪內渡轉運行至吳淞口為法輪所觸舟沉沒于海巡撫奏請議邺　賞世襲雲騎尉冊采訪

楊朝翀字儀齋懷遠附生粵賊之亂投筆從戎保監翎訓導歷盱眙天長建平學官正文藝勵名節多士稱之年六十卒采訪冊

淩葆田字怡亭鳳陽增生同治初在四川軍隨征苗匪積功保知縣分發山東為巡撫閻敬銘所器重倚其廉潔自愛奏授萊蕪縣知縣歷清平新泰壽張等縣皆有政聲升直隸州加運同銜采訪冊

王士錚字又錚定遠人同治辛未進士知湖北東湖縣禁暴安良政理肅然補建始縣未到官病卒采訪冊

凌彝銘懷遠人由附生在臨淮軍營立功保花翎知州分發黔省同治八年補印江縣有兄弟因產興訟彝銘諭以大義各泣悔罷去有土豪任馬二武勇過人恃其黨羽延廣二十餘里殘害行旅歷任捕之不能獲彝銘偵其隙馳騎而往率練百數十人獲之於村市置於法脅從罔治民情大慰光緒元年調署貴筑縣因辦軍務保道員五年奏調廣西歷署鹽法右江左江各道按察使布政使皆有政聲十三年四月卒於官采訪冊